「あっ…」
冷たい刃が泡と一緒に毛を剃り落としていく感触に、
ゾクッとなった修羅は身を竦ませた。
「動くなよ。動いたら性器に傷がつくぞ」(P204より)

極道のヨメ

松岡裕太

illustration:
宮沢ゆら

prism bunko

CONTENTS

極道のヨメ

都内屈指の名門高校、誠林《せいりん》学園の校門前にある今はまだ芽吹いてもない桜並木の下に、およそ堅気《かたぎ》には見えない男たちが黒塗りのベンツで乗りつけた。

講堂で行われた卒業式が終わり、卒業証書の入った筒を手にした小柄で可愛らしい顔立ちの少年と、ブランド物のスーツにボルサリーノハットと色眼鏡で渋く決めた初老の男性が校門から出てくると、男たちは花道を作らんばかりにズラリと整列する。

「修羅《しゅら》坊ちゃん、ご卒業おめでとうございます」

「おめでとうございます！」

強面《こわもて》の男たちにガバッと頭を下げられた藤城《ふじしろ》修羅は、他の生徒が自分たちを避けてそそくさと通り過ぎていくのに気づいて、小さくため息を漏らす。

「俺だって的場《まとば》組の構成員なんだし、坊ちゃんはよせっつってんだろ」

まるで親分の出所を待っていたかのような大袈裟《おおげさ》な出迎えに、修羅は唇を尖らせて突っ込んだ。

藤城修羅は関東最大の広域指定暴力団、的場組の五代目組長・的場武人《たけと》が愛人である藤城若葉《わかば》に産ませた子だった。妾腹《しょうふく》で籍は母方の藤城家にあるが、武人は修羅のことを息子として認知しているし、目に入れても痛くないほど可愛がっていた。

「修羅が無事に高校を卒業して大学に進学できたのも、弥幸《みさき》先生のおかげだな」

唇の端を上げてフッと笑った武人には、極道という修羅の世界を生き抜いてきた男の迫力と貫禄《かんろく》があって、六十代半ばだとは思えないほどギラギラしている。

「俺が高校入ってグレたのも弥幸先生のおかげだけどね」

修羅が中学三年生のときから勉強を教えてくれている家庭教師の名を出す武人に、修羅は苦笑いで大袈裟に肩を竦《すく》めた。

母親譲りの可愛らしい外見とは裏腹に、暴れん坊で一般の生徒たちが恐れ戦《おのの》く問題児の修羅は、父の跡を継いで的場組の六代目組長となるべく、高校入学と同時に盃《さかずき》を受けて的場組の構成員となり、学業と極道を立派に両立させて高校を卒業したのだ。

それも組織犯罪対策法案が成立して警察の取り締まりが厳しくなり、違法な商売で荒稼ぎをするのが難しくなった昨今、ヤクザにも学歴は必要だという武人の指示によるものだった。

「卒業祝いに寿司でも食いに行くか？」

自分の期待に応えてくれた息子に、武人は銀座《ぎんざ》の高級店で修羅の好物を御馳走《ごちそう》してやろうと誘う。

「今日は明《あき》ちゃんが弥幸先生も呼んでお祝いしてくれるって」

泣く子も黙る大親分の誘いを、修羅は悪びれた様子もなく同居している異父兄の名前を出して断る。

「そうか。じゃあ寿司は明日にするか」

そんな修羅の頭を武人はクシャクシャっと撫でて言った。

「ありがとうパパ！　じゃなくて、親父《おやじ》っ」

大きな手のひらで頭を撫でられて、つい幼い頃からの呼び方が出てしまった修羅は、慌てて的場組の構成員としての敬称で呼び直す。

この場合の親父とは、血の繋がった父への呼称ではなく、ヤクザの親分子分という関係を表すものだった。

ヤクザの世界では、組長と盃を交わして正式な構成員となることを『親子結縁《おやこけちえん》』といい、親分と子分は血よりも濃い絆で結ばれる。それは親分が白といえば黒いものも白になるというほど絶対的な上下関係だ。

また的場組の構成員は修羅にとって義兄弟であり、幹部たちは兄貴分となるのだが、組長の息子で六代目の最有力候補と目される修羅に対しては、威張り散らすことなく坊ちゃん扱いを続けている。

組長である父と幹部たちに見送られて修羅は自分の舎弟《しゃてい》が待機している車に向かった。

「修羅さん、お勤めご苦労様です」

すると助手席に乗っていた派手な金髪の男がすかさず降りてきて、修羅のために後部座席のドアを開けた。

「だから刑務所から出てきたみたいに言うんじゃねーよ、虎太郎《こたろう》」

自分より三歳年上の羽黒《はぐろ》虎太郎に敬語で甲斐甲斐《かいがい》しく世話を焼かれても、修羅は当然とばかりに車に乗り込んで文句を言っている。

「龍輔《りゅうすけ》、銀座に向かってくれ」

さらに修羅は運転席でハンドルを握っている虎太郎と同い年の舎弟、クールな銀髪の子安《こやす》龍輔に指示を出す。

虎太郎と龍輔は、池袋《いけぶくろ》の西と東のエリアをそれぞれの縄張りに対立していたギャングの元頭《ヘッド》だ。

まだ修羅が高校に入学したばかりの頃、大勢の子分たちを従え一触即発の臨戦態勢だった二人の間をたまたま通りかかり、追い払おうとしたギャングたちが「邪魔だチビ」だの「退《ど》けよガキ」だのと、脅しをくれたのが運の尽きだった。

実年齢より幼く見えるのがコンプレックスの修羅は、子供扱いされたことにキレて、手がつけられないほど暴れまくった挙《あ》げ句《く》、双方の組織が壊滅状態になるほどボコボコにしてしまったのだ。以来、対立していたギャンググループは仲良く修羅の配下に収まり、修羅は高校生ながら池袋を牛耳《ぎゅうじ》る巨大な組織のトップに立つこととなった。

熱血漢で手が早い虎太郎と、クールで頭脳派の龍輔は、名前も龍虎《りゅうこ》、髪も金と銀と対照的で、さらに虎太郎は貧乏な母子家庭で育った中卒のフリーター、龍輔は祖父が警視総監で父が警視官僚という名家出身の大学生と、なにからなにまで正反対で互いをライバル視しながらも、足りない部分を補い合って修羅をサポートしている。

二人とも今はまだ的場組の構成員として盃を受けてはおらず、いずれ修羅が自分の組を持ったときに名札を掲げるつもりでいた。

「神楽坂《かぐらざか》の屋敷に向かうんじゃないんですか？」

龍輔はバックミラー越しに修羅と視線を合わせて確認する。

「その前に買う物がある」

これから一世一代の大勝負を仕掛ける予定の修羅はニヤリと笑って答えた。

銀座にある高級ジュエリーショップに寄って、注文してあったエンゲージリングを受け取った修羅は、これからプロポーズをする大好きな人に想いを馳せていた。

鎌倉《かまくら》弥幸は修羅が中学三年生になったばかりの頃から、家庭教師として勉強を見てくれている、派手なモデルのような風貌《ふうぼう》と類《たぐ》い稀《まれ》な頭脳を持つ青年だった。

一八〇センチ近い長身と、髪と瞳の色素が天然で薄いせいで遊び人に見えるが、実はオタク気質が強く、中学生の頃から自ら開発したゲームをネット上で無料公開し、多くのユーザーから熱狂的な支持を得ている天才クリエイターだ。

当時、大手のゲーム会社から専属契約の話を持ちかけられながらも、自分の作りたい作品にしか興味を持てない弥幸は、大学で経済を学び自らゲーム制作会社を興《おこ》そうとしていた。

そんな弥幸のルックスと才能に惚れ込んだ修羅は、どうしても自分のモノにしたいと意気込んで、苦手な勉強も弥幸に好かれたい一心で頑張った。

晴れて高校に合格した修羅は喜び勇んで弥幸に告白したはいいが、あえなく玉砕《ぎょくさい》してしまったという過去がある。

失恋のショックからグレた修羅は、せっかく合格した高校にロクに通うことなくケンカに明け暮れて、ついには池袋をシマにする一大組織のボスに成り上がったのだ。

そんなある日、当然のように高校をサボって昼まで寝ていた修羅のところに弥幸が訪ねてきた。

『この頃ずっと学校をサボってるそうだな』

高校の合格発表の日以来、約半年ぶりに再会した修羅は、池袋のギャングたちのボスに君臨しているとは思えないほど、見た目は幼いままほとんど変わっていなかった。

『誰から聞いたんだよ』

久しぶりに弥幸と会えて嬉しいのに、まだ失恋の傷が癒えてなくて胸が苦しくなった修羅は、布団の上に胡座《あぐら》をかいてぶっきらぼうに問いかける。

『親父さんから連絡をもらった』

子供っぽく口を尖らせる修羅に弥幸は苦笑いで答えた。

イマドキのヤクザは大学くらい出ておくべきだと考えている武人は、極道一直線で高校を中退しかねない愛息子を見かねて、弥幸に頭を下げて再び修羅の家庭教師を引き受けてくれるように頼み込んだのだ。関東最大と言われる暴力団の大親分に頭を下げられて、一般市民の弥幸が断れるはずもない。

『せっかく一生懸命勉強して名門高校に受かったのに、もったいないじゃないか』

弥幸は修羅の頭をクシャクシャッと撫でて説得を試みる。

『弥幸先生にはカンケーないだろっ』

大きな手のひらの温もりに、修羅は胸を大きく高鳴らせながらも反抗的に言い返す。

『関係ある』

すると弥幸はフッと人の悪い笑みを浮かべて言い切った。

『はっ？』

『今日からまた、修羅の家庭教師として働かせてもらうことになった』

困惑したように眉をひそめる修羅に、弥幸は有無を言わせず決定事項を伝える。

『なっ!?　勝手に決めんなよっ！』

自分を振った相手に家庭教師をしてもらうなんて、まだ弥幸のことを諦めきれない修羅には耐えられそうになかった。

『もし修羅がちゃんと高校を卒業して大学に合格できたら、恋人にしてやってもいいぞ』

いかにも未練タラタラな修羅にほくそ笑んだ弥幸は、修羅の恋心を利用した餌《えさ》をチラつかせてその気にさせようとする。

『えっ…？』

予想外の展開に修羅は我が耳を疑った。

『本気で言ってンの？　恋人になったらエッチだってするんだぜ？』

からかわれているのか、なにかの罠なのか、とても本気で言っているとは思えない弥幸に修羅はムッとなって問いかけた。

なにしろ弥幸は修羅にとって初恋の相手で、男でもかまわないからヨメにしたいと本気で思っているほど好きなのだ。

『あぁ、修羅がそれまで一途に俺を想い続けることができたらの話だけどな』

弥幸はあっさりと頷《うなず》いて、むしろ修羅の気持ちの強さを試すようなことを言う。

そもそも弥幸が修羅の告白を断ったのは、単純に子供っぽすぎて恋愛対象として見ていなかったからだった。

極道の家系に生まれ育ったクセに箱入りで、生意気だけどウブなところは可愛いと思っているくらいだし、高校を卒業するまで本気で一途に想い続けていられたら、責任持って修羅を自分好みに開発してやってもいいとすら思いはじめている。

『できるよっ！』

弥幸の思惑など知らない修羅は弾かれたように叫んだ。

『絶対だぞ！　約束したかんな！　男に二言があったら許さないぞっ!?』

さらに修羅はこのチャンスを逃すまいと鼻息荒く念を押す。

たとえ弥幸が軽い気持ちで言ったとしても、極道の世界では男と男の約束は命をかけて守らなければならないのが掟《おきて》だった。万が一、弥幸が約束を破ろうとしたら、無理矢理にでも犯してヨメにする権利があると言えた。

『わかった、わかった』

スッカリその気になった単純な修羅に弥幸はクスッと笑って返事をする。

『よぉし、やってやるっ！』

かくして修羅は弥幸をヨメにするべく奮闘し、学業と極道を両立させて、見事都内の一流私立大学に合格したのだ。

合格発表で自分の番号を確認したその足で、銀座のジュエリーショップに乗り込みエンゲージリングを注文した修羅は、卒業祝いにやってくる弥幸にプロポーズをするつもりでいる。

エンゲージリングの入ったジュエリーボックスを制服のポケットに忍ばせた修羅は、頭の中でプロポーズの予行演習に励《はげ》んでいた。

ほどなく修羅は舎弟の龍輔が運転する車で兄が所有する神楽坂の屋敷へと帰宅した。

江戸《えど》時代の武家屋敷のような石垣で囲まれた敷地の中に、緑が豊かで手入れの行き届いた日本庭園があり、純和風で趣《おもむき》のある平屋の豪邸が建っている。

その玄関には藤城組という木製の看板が掲げられていた。

修羅の異父兄、藤城明王《あきお》は三十二歳の若さで的場組の総本部長を務める幹部であり、二次団体となる藤城組の組長でもあった。

「ただいまー」

意気揚々《ようよう》と玄関の格子戸を開けた修羅は虎太郎と龍輔を従えたまま屋敷に上がる。

「あらぁ、おかえりなさぁい」

そんな修羅を一八〇センチ近い長身にナイスバディの迫力美人が出迎えた。

「…聖人《きよと》さん、またオッパイ大きくした？」

やたら胸元の大きく開いた、巨乳を強調するデザインのワンピースに、気づかなくてもいいことに気づいてしまった修羅は呆れたように尋ねる。

「聖人じゃなくて聖美《きよみ》よ！」

修羅に本名で呼ばれた聖人はキーッとなって正す。

的場聖人は的場組組長の的場武人と本妻の間に産まれた長男で、修羅とは十八も歳が離れた異母兄だ。

四年前まで聖人は、組長の実子という立場を活かして的場組の若頭《わかがしら》を務め、龍聖会《りゅうせい》という二次団体の会長でもあったのだが、ある事件がきっかけで的場組を破門になり性転換を余儀なくされた。今では明王が経営するオカマバーのママとして、ヤクザだった頃より生き生きと暮らしている。

「どっちでもいいじゃん」

さえない中年だった聖人が、全身整形で美女に生まれ変わるのを目の当たりにしている修羅は、とても源氏名《げんじな》で呼んでやる気になれない。

「ねぇ、虎太ちゃん、龍ちゃん、私のFカップどうかしら？」

「はぁ…」

谷間を強調するようなセクシーポーズで問いかけられて、虎太郎と龍輔は困惑気味に互いの視線を合わせる。

「もう、俺の舎弟に色目使うなって！」

修羅は心底嫌そうに聖人に抗議した。

「扶養家族が生意気言うんじゃないのっ」

「聖人さんだって居候《いそうろう》だろ？」

痛いところを突かれた修羅は唇を尖らせて言い返す。

修羅はすでに池袋を自分のシマにして、飲食店や風俗店からみかじめ料を徴収して的場組に上納しているが、高校を卒業するまでは保護者である明王の家から独立することを許されていなかった。

「アタシはちゃんと自分で稼いでるでしょ」

オカマバーを繁盛させている聖人は得意げに鼻で笑った。

明王は雇われママの聖人に充分一人で暮らしていけるだけの給料を与えているが、組長の実子として取り巻きが大勢いる環境で育った聖人は、一人になりたくないとゴネて明王の屋敷に居着いているのだ。

「それに、明王には私を女にした責任を取ってもらわなくちゃ」

この場合の女にしたとは、明王が聖人のオカマを掘ったとか性的な意味ではなく、物理的に聖人の性器をちょん切って事件の落とし前をつけたというだけのことだった。

「自業自得のクセに」

なぜか意味深に笑う聖人に、当時の事件の被害者でもある修羅はチッと舌打ちをして居間に続く障子《しょうじ》を開ける。

「おかえり、修羅」

そんな修羅に粋《いき》な着流し姿で畳の座敷に胡座をかいた明王が声をかけた。

明王はスラリとした長身に精悍《せいかん》な顔立ちの男前で、切れ長の目は眼光鋭く、見た目は若々しいのに支配者然とした極道の貫禄がある。

床《とこ》の間《ま》にも日本刀や掛け軸が飾られていて、いかにもヤクザの屋敷という雰囲気だ。

だがしかし明王の表の顔は、インテリっぽい眼鏡にスーツをビシッと着た堅気のビジネスマンで、屋敷で働く事務所当番の舎弟たちも一見ヤクザとは思えない風貌の者ばかりだった。

表のシノギとして藤城産業という会社を経営している明王は、新宿《しんじゅく》をシマに飲食店など幅広いビジネスを展開し、新宿界隈《かいわい》でサービス業に従事していてその名を知らない者はいないというほど成功を収めている。

今では的場組最年少の幹部にして、法に触れないシノギで年商数十億を稼ぐやり手社長でもあり、新世代のヤクザとして的場組の中で一目も二目も置かれる存在だ。

「おかえり〜」

さらに明王のイロとして四年前から同居している、寝間着のような浴衣《ゆかた》姿の滝谷刃太《たきやじんた》が笑顔で修羅に挨拶してきた。

アーモンド型の大きな瞳が印象的な刃太は、その抜群のルックスを活かして明王が経営するホストクラブに入店したのだが、入店初日に明王に目をつけられて屋敷に連れ込まれた挙げ句、身も心も強引に奪われてしまったのだ。

天涯孤独だった刃太は明王に永遠の愛と忠誠を誓わされ、色恋の盃を交わし、生涯の伴侶《はんりょ》として紙切れ一枚で契約される婚姻関係より固い絆で結ばれている。

現在は明王の秘書として働いている刃太だが、屋敷にいるときはいつでも明王に尻を差し出せるように常に浴衣一枚で、下着を身につけることも許されていない。

「居候ってのはあの小僧みたいなのをいうのよ」

明王の寵愛を受けている刃太が気にくわない聖人は嫌味っぽく言う。

「は？　俺だって明王の秘書として働いてるけど？」

居候扱いされた刃太はムッとして言い返す。

「明王の秘書は逸見がいれば充分じゃない」

逸見は藤城組の若頭で、いつなんどきも組長の側に仕えている屈強なボディーガードであり、表の顔は藤城産業の社長秘書兼運転手を務める男だ。

普段は有能な秘書として働きながらも、明王の身に危険が及ぶようなことがあれば、身を挺《てい》してでも守ってみせるという忠誠心を持ち合わせていた。

「刃太は俺の側にいることが仕事のようなものだ」

犬猿の仲の二人に苦笑いしながらも明王は刃太を庇って言う。

「なんか納得いかねー」

秘書としてはイマイチ役に立っていないことを否定するでもない明王に、刃太はますます膨れっ面になる。

「そんなことより弥幸先生は？」

プライドを傷つけられてイジケる刃太に修羅は焦れたように尋ねた。

修羅の家庭教師で想い人でもある弥幸は、刃太の幼馴染みで親友なのだ。

「ヤスさんが迎えに行ってる」

「そっか」

刃太の説明に、修羅はソワソワと頷く。

明王の舎弟は組のシノギである藤城産業の社員として働いているが、ヤスは例外的に屋敷の管理や刃太の世話を任せている、いわば直近の幹部だった。

「ただいま戻りました」

「おっ、噂をすれば」

玄関からヤスの声が聞こえて刃太は修羅に目配せをする。

「お邪魔します」

いかにも気は優しくて力持ちという外見のヤスが膝をついて障子を開けると、弥幸がペコッと一礼して居間に入ってきた。

ブランド物のスーツをスタイリッシュに着こなしている弥幸は、この春大学を卒業したばかりだが、在学中にＭＫカンパニーというゲーム会社を設立してヒット作を世に送り出している。大学生活とゲームクリエイター業を両立しながら、修羅の家庭教師をこなしてしまうあたり、弥幸の類い稀なる才能と器用さを窺《うかが》うことができた。

「明王さん、この度はお招きありがとうございます」

弥幸は上座で胡座をかいている明王の前で膝をつくときちんと挨拶をする。

「先生もお忙しいのに、修羅のためにありがとうございました」

礼儀を重んじる極道の明王も、弥幸に労《ねぎら》いの言葉をかけた。

「弥幸先生！　コッチコッチ！」

スーツ姿も抜群に格好いい弥幸に声を弾ませた修羅は、手招きで自分の隣の席に呼び寄せる。

「先生、こないだはありがとうございましたぁ」

そこへ割って入るように、聖人が満面の営業スマイルで弥幸に声をかけた。

「こちらこそ、お世話になりました」

人工的な胸の谷間に目を奪われた弥幸は苦笑いで礼を言う。

「なに？　弥幸先生、聖人さんの店に行ったの？」

弥幸にオカマバーのノリが合うとは思えなくて、修羅は訝《いぶか》しげに確認する。

「あぁ、接待で使わせてもらったんだ」

コアな同性愛者が集う店とは違い、観光バー的な要素が強い聖人の店はノンケの客が多く、盛り上げ上手で気配りが行き届いた店員が多数在籍するため、弥幸のようにおべっかを使うのが苦手な経営者からすると使い勝手のいい店だった。

「ふーん…」

「なぁに、ヤキモチ？」

複雑な表情をする修羅の頬を聖人は人差し指でツンとつついた。

「そんなんじゃねーよっ」

修羅はムキになって否定するが、弥幸が自分より異母兄と仲良くしているみたいで面白くない。

思ったことがすぐ顔に出る修羅に弥幸はクスッと笑った。

大勢の舎弟を従える極道の修羅が、自分の前では一途で可愛いウブな少年になってしまうのがたまらない。

「卒業おめでとう、修羅」

単純な修羅を喜ばせてやりたくなった弥幸は持参した小さな箱を手渡す。

「コレ、俺に？」

修羅は驚いたように大きな目をますます大きく見開いて尋ねた。

「あぁ」

「ありがとう！　開けてもいい!?」

弥幸からプレゼントをもらうなんてはじめての修羅は興奮しながら確認する。

「いいよ」

弥幸が頷くよりフライング気味に、修羅は箱にかけられているリボンを解くと蓋《ふた》を開けた。

「わぁっ！　弥幸先生とお揃《そろ》いの指輪じゃん！」

単なる卒業祝いとは思えない贈り物に修羅のテンションがますます高くなる。

弥幸が愛用しているシルバーアクセサリーのブランドで、特別にオーダーメイドで作らせたというリングは、シンプルだが繊細なデザインが洒落《しゃれ》た逸品だ。

「前に欲しがってただろ？」

「うんっ！」

人懐っこい子犬のような笑顔で頷く修羅はとてもヤクザ者には見えなかった。

「卒業祝いが指輪なんて、意味深ねぇ」

修羅の想いを知りながら、あえて指輪を贈った弥幸に聖人は探るような目を向けた。

「実は、俺からも弥幸先生に渡したい物があるんだ…」

はにかんだ笑顔で弥幸を見上げた修羅は、制服のポケットの中から手のひらサイズのジュエリーボックスを取り出す。

「ん？」

「弥幸先生、俺のヨメになってくださいっ」

修羅は首を傾げる弥幸の前に片膝をつくと、ジュエリーボックスを開けて中の指輪を見せながらプロポーズの言葉を告げる。

修羅が好きでもない勉強を頑張ったのは、今日この瞬間のためだったといっても過言ではない。

「って、いきなりプロポーズ!?」

交際をすっ飛ばして結婚を申し込む修羅に刃太は素《す》っ頓狂《とんきょう》な声をあげた。

「弥幸先生、約束したよな。俺がちゃんと高校を卒業して大学に合格したら、恋人になってもいいって」

約束を盾にとった修羅はＮＯという返事は許さないというように迫る。

「確かに言ったけど…」

修羅は怖いくらい真剣な顔をしているが、コトの重大性がわかっているとはとても思えなかった。

「的場組の跡目と俺のダンナを両立するのは難しいんじゃないか?」

「なんで?」

むしろ弥幸には的場組の跡目クラスの男でなければ釣り合わないと思っている修羅は、納得いかないとばかりに問い詰めた。

「俺は相手の泣き顔にしか興奮しないサディストなんだ」

弥幸は修羅の大きな瞳を真っ直ぐ見据えて正直に答える。

「……はい？」

思いもよらないカミングアウトに修羅は目をパチクリさせた。

修羅だけではなく舎弟の虎太郎と龍輔も、刃太や聖人だって、弥幸の言葉に思わず我が耳を疑ってしまう。

「泣く子も黙るヤクザの親分として大勢の子分を従えようって修羅が、ベッドの中では俺に泣かされて悦ぶドMになれるというのなら、プロポーズを受けてもいいぞ」

周囲の空気が凍りついているのにも関わらず、弥幸は修羅のプロポーズを受け入れるための条件を提示する。

「いや、ちょっと待っ…ぇぇえ？」

トンデモナイ要求に修羅はパニックに陥ってしまう。

パッと見は派手なイケメンだけど、抜群に頭が良くてクリエイティブな弥幸に、そんなサディスティックな性癖があるなんて思いもしなかったのだ。

「あらヤダッ」

小生意気な修羅が慌てる様子に聖人は面白そうにニヤニヤと笑った。

「修羅さん、そんな条件飲むことないッスよ！」

その場の空気に耐えきれなくなった虎太郎は修羅を庇うように前に出た。

「虎太郎は黙ってろ！」

出しゃばる虎太郎を修羅は大声で一喝《いっかつ》する。

「無理することはない。俺だって性の不一致が原因で離婚するなんて嫌だからな」

弥幸はいかにも修羅には自分の性癖を受け止められっこないとばかりに言う。

「俺は…、弥幸先生が変態だったくらいで嫌いになったりしない！」

弥幸の挑発にまんまと引っかかった修羅は、キッと強い意志の宿った瞳を向けてキッパリと言い放った。

ここで弥幸の性癖を受け入れることができなければ、四年という長い間の片想いが片想いのまま終わり、受験勉強を頑張った意味すらなくなってしまうのだ。

「弥幸先生にどんな性癖があっても俺が受け止めてやるから、安心して俺のヨメになっていいぜ」

修羅はニヤリと笑って弥幸の左手を取ると、問答無用で薬指にエンゲージリングを嵌めてやる。

「わかったよ」

キラリと輝く指輪に目をやった弥幸はフッと笑って頷いた。

これで弥幸は修羅を調教する権利を得たことになる。

「よしヤス、酒持ってこい！」

自分が迂闊《うかつ》な発言をしてしまったと気づいてない修羅は、プロポーズが受け入れられたことが小躍《こおど》りしそうなくらい嬉しくて、意気揚々とヤスに指示を出す。

「明ちゃんと刃くんに媒酌人《ばいしゃくにん》になってもらって、盃を酌み交わすぞ」

ヤクザにとって盃事とは、男と男が命をかけて固い絆で結ばれる重大な儀式である。

要するに修羅は、弥幸の気が変わらないうちに盃を交わして、逃げるに逃げられなくしてしまおうという魂胆《こんたん》なのだ。

「盃？」

ヤクザの仕来《しきた》りに弥幸は不思議そうに首を傾げる。

「生涯の伴侶として、紙切れ一枚で契約される婚姻関係より固い絆で結ばれるんだ」

「はぁ…」

得意げに説明する修羅に弥幸はちょっと呆れ気味な相槌を打つ。

「どうぞ」

そこへヤスが日本酒の入った徳利《とっくり》と漆塗りの盃を猫足膳《ねこあしぜん》に乗せて運んできた。

「オウ」

徳利を手にした修羅は盃に日本酒を注いでクイッと三口で飲み干す。

未成年の修羅には強いアルコールで喉がカァッと熱くなる。

「さぁ弥幸先生…じゃなくて、弥幸も飲め」

改めて弥幸のことをヨメとして呼び捨てにした修羅は、再び盃に日本酒を注ぐと弥幸の前にスッと差し出した。

「あっ、三口半で飲んだら盃は懐にしまうんだぞ」

無言で盃を受け取る弥幸に修羅は盃事の作法を伝える。

「これでいいか？」

弥幸は修羅に言われたとおり三口半で日本酒を飲み干すと、スーツの内ポケットに盃を収めて確認した。

「うん」

簡略化したものとはいえ神聖な儀式が済んで、晴れて生涯の伴侶となった弥幸に修羅は嬉しそうに頷く。

単純に喜んでいる修羅は、弥幸が修羅を自分好みのMに開発するのを楽しみにしていることなど気づきもしない。

「マジでよかったのかなぁ？」

なんだか一抹《いちまつ》の不安を覚えた刃太は隣にいる明王に尋ねる。

「修羅が望んだことだ」

ほとんど顔色を変えずに二人を見守っていた明王は、心配することはないというように肩を竦《すく》めた。

色恋の盃を交わした二人の祝言《しゅうげん》と、修羅の卒業祝い兼ねた宴《うたげ》が一段落したあと、修羅は弥幸が住んでいる六本木《ろっぽんぎ》のマンションに住居を移すことになった。

修羅としては自分のシマである池袋に二人の新居を購入したかったのだが、弥幸のほうがすでに親元を離れて一人暮らしをしていることもあり、オフィスに近いマンションから引っ越すのを嫌がったのだ。それに修羅が四月から通うことになる大学のキャンパスも青山《あおやま》にあって、六本木のマンションからは歩いて行けるくらい近い。

「へぇ、ここが俺たちの新居になるんだ」

ゲーム会社の社長として成功を収めている弥幸に相応《ふさわ》しい、高級タワーマンションの最上階にある４ＬＤＫの部屋は、約四十畳の広いリビングに寝室や書斎、趣味のオタク部屋まで備えている。

「で、どうしてその新居にオマケがついてくるんだ？」

モダンなリビングを感心したように眺めている修羅の後ろには、虎太郎と龍輔が当然のごとくくっついていた。

「そりゃ俺たちは修羅さんのボディーガードなんだから、一人にするわけにはいかないッスよ」

不満そうな弥幸に虎太郎は当然とばかりに主張する。

的場組の跡目としていつなんどき襲撃に遭うかもしれない修羅には、常に弾よけのボディーガードが張りついている必要があるのだ。

「修羅は望んで俺に泣かされるんだぞ？」

首を傾げた弥幸は、自分には修羅をイジメる権利があるというように言い返す。

「ダッ！　なに言ってんだアンタッ！」

別に二人の夜の営みを邪魔するつもりなどなかった虎太郎は、妙な勘違いをする弥幸にカァッと赤くなって叫んだ。

修羅が望んだとはいえ、大事な親分が他人に泣かされるなんて想像したくもない。

「お邪魔でしたら、俺たちは玄関の外で待機してます」

修羅だって子分に恥ずかしい姿を見られたくないだろうと、空気を読んだ龍輔は恭《うやうや》しく頭を下げて申し出た。

「そんなの他の住人に不審がられるだろ」

弥幸は眉間《みけん》に皺《しわ》を寄せて龍輔の提案を却下する。セキュリティーも万全の高級マンションで、不審な男がウロチョロしてたら警備員が警察に通報しかねなかった。

「二人とも帰っていいぞ」

弥幸との初夜を邪魔されたくない修羅は虎太郎と龍輔を追い出すことにする。

「しかし…」

「仕方ない、ゲストルームが空いてるから使ってくれ」

難色を示す龍輔に、弥幸はため息混じりに空き部屋の提供を決めた。

「いいんですか？」

思いがけない待遇に驚いた龍輔は遠慮がちに確認する。

「ベッドはひとつしかないぞ」

「うぇー」

肩を竦めて答える弥幸に、よりにもよって龍輔とひとつのベッドで寝るなんて、勘弁してもらいたい虎太郎は露骨《ろこつ》に嫌そうな顔をした。

「文句があるなら虎太郎は帰るんだな」

龍輔は失礼な態度を取る虎太郎をギロッと睨《にら》んで言い放つ。

「あ？」

「修羅さんのボディーガードは俺一人で充分だ」

ムキになって睨み返してくる虎太郎に龍輔はフンッと小馬鹿にしたように鼻で笑う。

「冗談じゃねーよ！　帰るならお前が帰れ！」

挑発的な龍輔の態度にムッとなった虎太郎は対抗心を剥《む》き出しにして喚《わめ》いた。

「修羅」

弥幸は言い合いをはじめてしまった二人に背を向けると、修羅の頬をくすぐるみたいに撫でて唇を寄せていく。

「んっ？」

いきなりチュッとキスをされて修羅は大きく目を見開いた。

「んぅうっ!?」

さらに弥幸の舌が当然とばかりに口内に侵入してきて、まだ心の準備ができていない修羅の鼓動が大きく跳ね上がる。

なにしろ中学生の頃から弥幸一筋に想ってきた修羅はマトモな恋愛経験がない。

当然キスをするのもはじめてなのに、ディープキスで舌を搦め捕られる柔らかくてぬめった感触にゾクッとなった。

「ふ…はぁ…」

くすぐったいような快感に、次第に瞳をトロンと潤ませた修羅の鼻からとびきり甘い息が漏れた。

「ナニおっぱじめてんだよぉっ！」

修羅の唇が奪われるのを目の当たりにした虎太郎は悲鳴のような声で抗議する。

「なにって、まずはキスからはじめるのがセオリーじゃないのか？」

弥幸はさんざん貪《むさぼ》ってから唇を離すと、非難される意味がわからないというように答えた。

「弥幸せんせぇ…」

まだキスの余韻《よいん》に浸っている修羅はウットリと目を細めて弥幸の名前を呼んだ。

「先生じゃないだろ」

「あ、そっか…」

弥幸の指摘に、今までのクセが出てしまった修羅は照れくさそうに笑う。

「先にシャワー使うか？」

キスの続きをするつもりの弥幸はこれみよがしに修羅に尋ねる。

「新婚なんだし、一緒がいい！」

修羅は頬を赤くしながらも欲望の赴《おもむ》くままに懇願《こんがん》した。

「なるほど」

それももっともだとばかりに頷いた弥幸は、修羅の肩を抱いてバスルームに向かう。

「修羅さーん…」

龍輔と二人リビングに残された虎太郎は、指を銜《くわ》えて修羅の背中を見送ることしかできなかった。

高層階にある弥幸のマンションは、バスルームから大都会の夜景が見下ろせる贅沢《ぜいたく》な眺望だった。

「うわぁ、スッゲー綺麗！」

制服を脱いで全裸になった修羅は、ロマンチックな景色に声を弾ませる。

これではいやが上にも甘い雰囲気になるというものだ。

「夜景なんて三日で飽きるぞ」

一人で盛り上がっている修羅に弥幸は平然と明かす。

「そうなのか？」

つまり弥幸はすでにこの眺めには飽きているのだと知って修羅はショックを受ける。

「でもまぁ、初夜の演出には悪くないかもな」

クスッと笑った弥幸は、背後から修羅を抱きしめながら耳元で甘く囁いた。

「んっ」

背中に弥幸の肌の温もりを感じて、お互い裸だということを強烈に意識した修羅は下半身が熱くなってしまう。

「まだなにもしてないのに反応してるのか？」

修羅の変化に気づいた弥幸はからかうみたいに尋ねる。

「キスしたじゃん！」

リビングでキスをした時点で股間が固くなっていた修羅はムキになって反論した。

「それに、好きな人の裸見たらフツー興奮するって…」

唇を尖らせて言い訳する修羅が健気《けなげ》で愛しくて、甘い感情が込み上げてきた弥幸は啄《ついば》むようなキスを与える。

「可愛いな」

「弥幸は俺じゃ勃たない？」

ますます固く反り返っていく修羅の分身とは対照的に、弥幸のペニスはピクリとも反応していない。

「俺はフツーじゃないからな」

不安そうに眉を下げる修羅に弥幸は苦笑いで肩を竦めた。

「うーん…」

相手の泣き顔にしか反応しないという弥幸の性癖を思い出して修羅は考え込む。

弥幸が変態でも修羅の愛は変わらないという自負はあるが、弥幸を感じさせるには修羅が泣かなければならないワケで、ここ何年も泣いた記憶がない修羅にはハードルが高かった。

「洗ってやるから、座れよ」

「うん」

弥幸に促された修羅はバスチェアに腰掛ける。

ヨメに背中を洗ってもらうなんて、いかにも新婚っぽくて興奮するが、おかげさまでますます修羅の股間は自己主張が激しくなっていく。

「修羅って童貞か？」

モジモジする反応を楽しみながら修羅の身体を洗い終えた弥幸は、シャワーで泡を洗い流してやりつつ率直に聞いた。

「ッ!?」

ズバリ指摘されて修羅はあからさまにギクッとなった。

「そんな、まさか俺がっ…」

たとえバレバレだったとしても、素直に認めるなんてできっこない修羅はフルフルと首を横に振る。

「ずっと俺のことが好きだったのに、他の誰かに童貞を捧げたのかよ」

咄嗟《とっさ》に余計な見栄を張ろうとする修羅に、弥幸はヒョイッと片方の眉を吊り上げて咎《とが》めた。

「そんなことない！　俺は、弥幸じゃないとヤだったから…、あーもう！　そうだよ！　どうせ俺は童貞だよ！」

弥幸に一途だったと伝えようとして、墓穴を掘ったことに気づいた修羅は開き直って白状する。

もちろん修羅だって好きで童貞でいたわけではない。

その辺のアイドルに負けないくらい可愛い顔をしている修羅は、家柄的に同級生の女の子には敬遠されがちだったけど、商売女から誘惑されることは少なくなかったし、舎弟の虎太郎や龍輔だって憧れと尊敬以上の想いを持っていた。

その気になれば、相手が男でも女でもいつだって童貞を捨てられたのに、弥幸一筋だった修羅は他の誰かと肉体関係を持つ気になれなかったのだ。

「拗《す》ねるなって」

イジケたように頬を膨らませる修羅の頭を弥幸はヨシヨシと撫でてやる。

「言っとくけど、今さら童貞は嫌とか言ってもダメだからなっ」

ものすごく子供扱いされている気がした修羅は、シャワーを止めた弥幸に向き直ると鼻息荒く告げた。

「別に嫌とは言ってないが…」

弥幸としては、むしろ安心したというか、改めて修羅が自分を想い続けてくれたことがわかって嬉しいし、舎弟たちに威張り散らしている修羅とのギャップに萌えるくらいだった。まだ誰の色にも染まってない修羅を、自分の手でドMに開発してやれると思うとワクワクする。

「盃を酌み交わしたからには、弥幸は生涯俺の伴侶って決まってんだ」

弥幸のもくろみに気づくことなく修羅は盃の効力を説いた。

「刃くんなんてヤクザが盃を酌み交わすってコトの重大さをわかってなかったから、屋敷から逃げ出しちゃって大騒ぎになったんだぜ」

今は明王のイロとして幸せに暮らしている刃太も、屋敷に連れ込まれた当初は無駄な抵抗をして、お守《も》り役だったヤスたちの肝《きも》を冷やしたことがある。

「結局連れ戻されたんだけど、ヤクザならエンコ詰めるとか竹刀でめった打ちとかの私刑《リンチ》に遭うところを、刃くんは明ちゃんに子供みたいにケツひっぱたかれて大泣きさせられてたもん」

堅気の刃太はヤクザ流のケジメをつけさせられることはなかったが、代わりに恥ずかしいお仕置きで泣かされる羽目になったのだ。

「…それいいな」

修羅の話を聞いていた弥幸はボソッとつぶやく。

「え？」

「俺も修羅に子供みたいなお仕置きして、泣かせてやりたい」

なにがイイのかわからなくてキョトンとする修羅に、弥幸はニヤッと笑って欲望を口にした。

「わっ！　ちょっと大きくなった！」

修羅にお仕置きすることを想像して、弥幸の分身がムクムクと反応を示す。

「でも、俺はケツ叩かれたくらいで泣いたりしないよ？」

改めて弥幸はサディストなのだと感心した修羅は、少し困った様子で首を傾げた。

気は強いクセに甘ったれな刃太と違って、修羅は明王の屋敷に設けられている道場で幼い頃から空手や剣道を嗜《たしな》んでいるし、以前はケンカに明け暮れていただけに殴り合いだって経験がある。組み手やケンカでパンチを食らっても当然泣かないのに、平手で尻を叩かれたくらいで涙が出るとは思えなかった。

「どうかな」

困惑する修羅に弥幸はフッとほくそ笑んだ。

「まずは気持ちよくしてやるから、バスタブに腰掛けて」

とりあえず話を切り上げた弥幸は、修羅をバスタブの縁に座るように促す。

「わっ」

ヒンヤリとしたバスタブに尻をついた途端に、脚の間に跪《ひざまず》くように身体を入れてきた弥幸に膝を左右に大きく開かされて、股間を差し出す体勢に修羅はカァッと赤くなる。

「ふぁンッ…」

弥幸は躊躇《ため》らうことなく修羅のペニスを握ると、先走りが滲む先端にチュッとキスをした。

「そんなっ…あぁっ！」

舌で亀頭の括れた部分をチロチロ刺激しながら右手で竿をリズミカルに扱かれて、修羅はたちまち下半身に血液が集中していく。

弥幸にされていると思うだけで、嬉しすぎて興奮して何倍も感じてしまう。

「ココ…気持ちいいか？」

弥幸も男に奉仕するのははじめてだが、自分にも同じモノがついているのでツボはわかっている。

「あっ！　はぁあっ…！」

カリの下を指でくすぐるように撫でられて、修羅は太股をビクッと痙攣《けいれん》させた。

「面白いくらい敏感だな…」

尿道がヒクヒク蠢《うごめ》いているのを間近で観察した弥幸は、舌を尖らせて先端の窪みを刺激してやった。

「ひぁッ！　先っぽはぁ…あんっ！」

一番敏感な部分を舌でグリグリ弄られると、痺れるような快感が爪先まで響いて射精感が込み上げてくる。

「もっ…ヤバッ！　イキそっ！」

睾丸がキュンキュンと甘く疼いた修羅は胸を喘がせながら限界を訴えた。

「まだイクなよ」

弥幸は修羅に射精を禁じながら先端を弄るのをヤメない。

「うぁんっ！　やッ…そこダメだって！」

なんとか絶頂感を堪えようとする修羅を嘲笑《あざわら》うかのように、弥幸は小刻みに舌を動かして亀頭を虐める。

「マ…ジで、イッちゃうってばぁあ…ッ！」

「我慢しろ」

堪え難い射精の欲求を口にする修羅に、弥幸は無慈悲に言い放つ。

「やぁっ無理ぃッ！」

はじめてのフェラチオに我慢なんてできるはずもない修羅はブンブンと頭を振った。

「勝手にイッたらお仕置きだぞ」

弥幸は厳しい声で宣告すると、おもむろに大きく口を開けて修羅の先端をパクンと咥えた。

「なっッ！　卑きょっ…だあっ！」

ペニスが生暖かくぬめった感触に包まれて、舌が絡みつくみたいに這い回ると、下半身が蕩けてしまいそうなくらい気持ちいい。

「ダッ…マジもっ！　イクッ！」

さらに上顎と舌で挟む形で扱かれて修羅はガクガクと腰を痙攣させる。

「うぁあーッ！」

はじめて経験する高い絶頂感に涙目になった修羅は、弥幸の口内に叩きつけるように精を解き放った。

勢いよく流れ出してくる精液を弥幸は喉を鳴らして飲み込んだ。

「んっ…ちょっと苦いな…」

最後の一滴まで飲み干して修羅のペニスから口を離した弥幸は、青臭さに眉をひそめて率直な感想を述べた。

「は…ぁ…」

「我慢しろって言っただろ」

だらしなく脚を開いたまま射精の余韻に浸っている修羅に、弥幸は叱《しか》るような声色で言う。

「だって、メチャクチャ気持ちよかったんだもんっ」

理不尽に責められた修羅は言い訳にならない主張をする。

「お仕置き、覚悟しろよ」

「うっ…」

弥幸は意地悪く笑うとチュッと触れるだけのキスを寄こした。

お仕置きの大義名分を用意するために射精させたということに、今さら気づいた修羅はまんまと罠に引っかかった気分に陥ってしまう。

「俺も身体洗うから、夜景でも見て温まってな」

ご機嫌な弥幸に湯船に浸かっているように言われて修羅は素直に従うが、とても宝石のように美しい夜景を楽しむ気にはなれなかった。

　風呂から上がると、弥幸はバスタオルで修羅の身体を甲斐甲斐しく拭いてやった。

　意外と面倒見がいい弥幸にされるがままになりながらも、修羅はこの後の展開を考えてソワソワしている。

「もう一度、制服に着替えな」

　妙に無口になっている修羅に弥幸は風呂に入る前に脱いだ制服を指して言う。

「へっ？　着るの？」

　これからエッチをする前提で身体を洗ったのに、わざわざ着替え直す意味がわからなくて修羅は混乱気味に首を傾げた。

「数時間前まで現役だったのに、今はコスプレにしかならないって卑猥《ひわい》さがいいだろ」

「よくわかんない…」

　ニヤッと笑った弥幸に楽しそうに説明されても修羅には理解し難い嗜好《しこう》だ。

　とはいえ、どうしても拒絶しなければならない理由もないので、修羅は弥幸の指示どおり制服を着込む。

弥幸もスーツに着替え直してから修羅の手を引くと、意気揚々と寝室に向かった。

「なんかホテルみたい」

十六畳ほどの広い寝室の真ん中にキングサイズのベッドが鎮座していて、他にはナイトテーブルとリラックスチェアが置いてあるだけというシンプルさだ。

清潔だけど無機質であまり生活感がないのは、マンションの居住者向けにハウスキーピングサービスがあって、専門のスタッフが高級ホテル並みの清掃やベッドメイキングを行ってくれるからだった。

「さぁ修羅、お仕置きの時間だ」

弥幸はベッドの端に腰掛けると芝居掛《しばいが》かった口調で告げる。

「ズボンとパンツを太股まで下ろして、俺の膝に俯《うつぶ》せな」

「マジでケツ叩くのぉ？」

まさしく幼い子供がお仕置きにお尻を叩かれるスタイルを指定されて、ゲンナリした修羅は眉をハの字に下げた。

刃太が明王にお仕置きされたなんて話をしなければよかったと後悔してももう遅い。

「勝手にイッたらお仕置きって言っただろ」

渋る修羅に弥幸は当然の報いというように答える。

「そうだけどさぁ」

射精のお仕置きが子供にするみたいなお尻ペンペンだなんて、ギャップがありすぎて妥当《だとう》だとは思えない。まだエッチなお仕置きとかされたほうが納得がいくというものだ。

「素直に自分で準備しないと、お仕置きが厳しくなるぞ」

往生際《おうじょうぎわ》の悪い修羅に弥幸は厳しい口調で促す。

「ンなこと言われても…」

厳しくされても所詮《しょせん》お尻ペンペンなんてタカが知れているし、修羅への脅し文句にはならなかった。

「俺にどんな性癖があっても受け止めるっていうのは嘘だったのか？」

仕方なく弥幸は修羅のプロポーズを逆手にとって問いかけた。

「嘘じゃない！」

男に二言なんてあってはならないと思っている修羅は弾かれたように叫んだ。

弥幸が変態だと承知してヨメにしたからには、ダンナの修羅にはその性癖を受け入れる義務がある。

「あーもうっ！　わかったよ！」

ヤケクソになった修羅はズボンのベルトを外して、ボクサータイプのピッチリしたパンツと一緒くたに膝まで下ろす。

「全部脱がないで、尻だけを剥き出しにするのがポイントな」

妙なコダワリを口にする弥幸に、自分の情けない格好を強烈に意識させられた修羅は、耳まで真っ赤になりながらなんとか弥幸の膝に俯せた。

「うぅ、全裸より恥ずかしい気がする…」

池袋を仕切るヤクザの修羅が、ヨメの膝の上で尻を丸出しにされるなんて、あまりにも屈《くっ》辱的《じょくてき》だし舎弟には絶対に見せられない姿だった。

「だからイイんだよ」

居心地悪そうに尻をモゾモゾさせる修羅に弥幸はクスッと笑う。

「ヘンタイ」

相手が弥幸じゃなかったら即ボコボコにしてやるのに、従順に言いなりになるなんて惚れた弱み以外のなにものでもない。

「この小さいけど引き締まって形のいい白い尻を、今から俺の手で真っ赤に染めてやるんだって思うと興奮する」

弥幸はウットリと言いながら修羅の小振りで筋肉質な尻を撫でた。

「もう！　やるなら早くやってくれよぉ！」

双丘をサワサワと這う指にくすぐったいような性感を煽《あお》られて、慌てた修羅はほとんどキレ気味に叫ぶ。

「そうじゃない」

不遜な修羅の態度に弥幸はため息混じりにダメ出しをする。

「はっ？」

「射精を我慢できなかったエッチな修羅に、お仕置きしてください…だろ？」

修羅が困惑気味に振り返ると、肩を竦めた弥幸は主従関係を叩き込むために恥ずかしい台詞《せりふ》を強要した。

「そんなん言えるかっ！」

まるで自分から望んでお仕置きされるみたいな台詞に修羅は拒絶反応を示す。

「どうして言えないんだ？」

弥幸は修羅が怒る理由がわからないというように首を傾げる。

「どうしてって…」

改めて理由を聞かれても、屈辱的だから言いたくないとしか答えようがない。

けれど弥幸のサディスティックな性癖を受け入れるには、この屈辱を耐えてお仕置きをお願いしなければならないのだ。

「言えるよな、修羅が悪い子だったんだから」

愛とプライドの狭間《はざま》で葛藤《かっとう》している修羅に、弥幸は暗示をかけるように決めつけてやった。

「う…あぁ……、しゃ……」

否定することを許さない断定的な口調に、自分が弥幸の言いつけを守れない悪い子だったからお仕置きされるのだと、頭の中で思い込むことに成功した修羅は、心臓を早鐘を打つようにドキドキ高鳴らせながら言葉を紡ぐ。

「…射…精を…我慢…できなかった…、悪い子の修羅に…はぁ…、おし…お…しおきぃ…してください……」

熱に浮かされたみたいに途切れ途切れになりながらも、修羅は弥幸の望む恥ずかしい台詞を懸命に口にした。

「手加減しないぞ」

そう宣言した弥幸は、右手を大きく振り上げると、修羅の尻の真ん中を思いっきり打ち据える。

「うぁあっ！」

パチンッと弾けるような音がして、目から火花が飛び出そうなほどの衝撃に襲われた修羅は悲鳴をあげてしまう。

「みっともない声出して、どうした？」

「チガッ…」

からかうような弥幸の声に、修羅は咄嗟に首をブンブンと左右に振った。

子供みたいなお仕置きだと思ってナメていたけど、想像以上の痛みに頭が軽いパニックを起こしている。

「ひっ！　ツゥッ！」

さらに尻の真ん中をパンパンッと続けて打たれた修羅は、身体の芯に火がついたような痛みに身悶《みもだ》えた。

痛いのに腰の回りがジンジン痺れるみたいに疼いてペニスがキュンッとなる。

「なぁっ!?　あぅうっ！」

戸惑う修羅に弥幸はなおも容赦なく打擲《ちょうちゃく》を重ねていく。

「うあーっ！」

睾丸に近い部分を下から掬《すく》い上げるように叩かれて、修羅はたまらず背を仰け反らせて叫んだ。

「あんまり大きな声出すと、舎弟たちが心配して様子を見に来るかもしれないぞ」

弥幸は桜色に染まった修羅の尻になおも平手を振り下ろしながら忠告してやる。

「ひぐっ！」

弥幸の指摘にギクッとなった修羅は歯を食いしばって悲鳴を噛み殺した。

けれど声を我慢すればするほど、尻の痛みが体内で響くみたいにキツくなる。

「やっ…イッテーって！　くぅンッ！」

堪えきれなくなった修羅は腰を捩って訴えた。

「も…カンベンしてくれよぉ…」

「でも修羅、勃起してるじゃないか」

泣き言を漏らす修羅に、いったん手を止めた弥幸は身体の変化を指摘してやった。

「これはっ…」

カァッと赤くなった修羅が否定したくても、剥き出しの分身が弥幸の太股に当たっているだけに誤魔化《ごまか》しようがない。

「お尻叩かれて気持ちいい？　それとも、痛いのに感じちゃう？」

熱を持った修羅の尻を撫でてやりながら、弥幸は甘く囁くような声で尋ねる。

「そ…んなんじゃ…」

直接的な快感を与えられたワケじゃないのに、ジンジンと痺れて熱を持った尻に共鳴するみたいにペニスも熱くなってしまうのだ。

「ウソツキ」

弥幸は素直に認めようとしない修羅を咎めると、罰を与えるために再び右手を振り上げた。

「あぅんっ！」

尻の右側の膨らみに平手を叩きつけられて修羅は足をピョコンと跳ね上げる。

「たっ！　あぁっ！」

さらに左右の膨らみを交互に何度も打たれた修羅は、堪えきれない痛みに無意識に弥幸の膝の上から逃れようともがいた。

「もっヤダァ！」

弥幸に腰をガッチリ抱えられて、逃げることもできない修羅は手を背後に回して尻を庇おうとする。

まるで平手打ちを迎撃するかのように両手を振り回す修羅に弥幸も辟易《へきえき》してしまう。

「暴れるんじゃない」

強硬手段に出ることにした弥幸は、修羅のズボンからベルトを抜き取ると、邪魔な修羅の両手を背中で一纏めに拘束してやった。

「なっうぇぇっ!?」

アッという間に両手の自由を奪われて修羅は大きく目を見開いた。

「ちょっ！　解けよっ！」

なんとか拘束を解こうと腕を闇雲に動かしても、高校の入学祝いに父武人からもらった上質なベルトは、頑丈《がんじょう》な革でできていて引きちぎれやしない。

「修羅は小柄なクセに力が強いからな」

弥幸はシレッと言って、膝の上でジタバタする修羅を尻が叩きやすい位置に抱え直す。

「これ以上はマジでヤバイからぁ！」

ケンカだったら絶対負けない自信があるのに、お仕置きになると弥幸に逆らえないなんて、修羅の心が不安で折れそうになる。

まるで怯えるみたいにキュッと力を入れた修羅の尻を弥幸は容赦なく打ち据えた。

「いぎっ！　つぁあッ！」

一打一打尻の奥まで響くような強烈な打擲に修羅は涙目になる。

「ふぇ…やらぁあ…」

泣いてたまるかと思うのに鼻の奥がツンとなって、今にも涙が溢れそうになってしまう。

必死で涙を堪える修羅を嘲笑うかのように、弥幸は尻の真ん中の皮膚が薄い部分をパチーンッと叩いた。

「うわあぁんっ！」

背筋を突き抜けて脳天まで響く痛みに襲われた修羅は、大粒の涙をポロッと溢れさせる。

「ひっく…」

「ケツ叩かれたくらいで泣かないんじゃなかったのか？」

肩を震わせて嗚咽《おえつ》を漏らしている修羅に弥幸は意地悪く問いかけた。

「俺っ…ヘンだぁ…」

修羅は自分が信じられないという様子でフルフルと首を振った。

単純に痛みなら、ケンカや稽古《けいこ》で顔面をグーで殴られるほうが強いはずなのに、修羅は今まで一回だって泣いたことはない。

「良かったな」

戸惑う修羅に弥幸はフッと笑って言ってやる。

「ドコが!?」

死ぬほど情けなくて悔しい修羅は憤慨《ふんがい》して叫んだ。

「修羅がお仕置きで泣けるほど感じちゃうマゾで、俺は嬉しいよ」

プライドの高い修羅をもっと泣かせてやりたくなった弥幸は、尻と脚の境目あたりを狙って手首のスナップを利かせるように打った。

「うっあぁッ！」

鋭い痛みに修羅はビクンッと大きく背を仰け反らせる。

「ンなっ！　んでぇ!?」

修羅を泣かせて弥幸は満足したはずなのに、なおもリズミカルに左右の膨らみをパンッパンッと叩かれて、ショックのあまり修羅はボロボロと涙を零してしまう。

「もぉっ痛いのヤダぁあッ！」

意地もプライドも崩壊した修羅は、真っ赤に染まった尻をクネクネと振りながら子供っぽい口調で訴えた。

「じゃあゴメンナサイが言えたらオシマイにしてやる」

弥幸は少し平手打ちの力を緩めて、お仕置きを終わらせるための条件を出す。

「そんな…ん…」

子供じみた謝罪の言葉を口にできない修羅は唇を噛みしめる。

「言えないなら百叩きな」

「無理ぃッ！」

無慈悲に告げた弥幸は、ギョッとなる修羅を無視して右手を大きく振りかぶった。

「待っ！　ひぃッ！」

パチンッ！　バチンッ！　と尻の真ん中に強烈な平手が降ってきて、堪えきれない痛みに修羅はみっともなく足をバタバタさせた。

「ゴメッ…ゴメンナサイッ！」

このままでは本当に百叩きされかねないと焦った修羅は慌てて謝罪の言葉を口にする。

「よし」

弥幸は満足げに頷くと平手打ちをピタッと止めた。

「ひっ…くぅ…」

打擲がやんでも修羅は弥幸の膝に突っ伏したまま起き上がることもできない。

腫れ上がった尻がジンジン痺れるように痛くて、しかもそのジンジンというリズムに合わせてペニスもジンジン疼いて、先端から透明な蜜を溢れさせている。

「お尻ペンペンされて子供みたいに泣いちゃう修羅って可愛いな」

修羅の身体を膝の上に横抱きにして起こした弥幸は、涙が滲む眦《まなじり》にチュッとキスを与えてやりながら囁いた。

「俺っ…こんなんじゃないのにぃ…」

修羅は大きな瞳に涙をいっぱい溜めて弥幸を睨むと精一杯の虚勢を張った。

「むしろ普段は生意気な修羅だからこそ、ギャップに興奮するんだよ」

強がる修羅に甘い感情が込み上げてきた弥幸は優しく頭を撫でながら教えてやる。

「だけどっ、ケンカとかで殴られて、もっと痛くても泣かないのにオカシイじゃんっ！」

弥幸の手のひらも叩かれた尻と同じくらい熱くなっていることに気づいて、修羅はますます納得いかないとばかりに突っかかった。

「涙は身体の痛みだけに反応するんじゃないからな」

クスッと笑った弥幸は修羅の涙の理由を分析する。

「感情が高ぶって涙が溢れたのは、修羅の心が俺に支配された証《あかし》だろう」

子供にするみたいなお仕置きに、まるで本当に悪い子になってしまったような錯覚《さっかく》に陥った修羅は、心が弱くなって必要以上に痛みを強く感じてしまったのだ。

「ここ…ろ？」

思い当たる節がある修羅はグズッと鼻を啜《すす》りながらつぶやく。

「だから俺もこんなに反応してる…」

弥幸は嗜虐《しぎゃく》的《てき》な欲望に膨らんでいる股間を修羅の太股に押しつけた。

「わぁ…」

スーツのズボンの上からでもハッキリわかるくらい固く大きくなっているペニスに、修羅は感嘆の声をあげる。

弥幸が興奮してくれたのなら痛い目に遭った甲斐があるというモノだ。

「コイツをどうしたい？」

嬉しそうに頬を赤らめる修羅に弥幸は甘ったるい声で尋ねた。

「ど、どうって…」

もちろん修羅の手で気持ちよくイカセてやりたいと思うが、普通に舐めたり擦ったりするだけでサディストの弥幸がイケるのか疑問だった。

「修羅の中にぶち込んで、めちゃくちゃに犯してやるよ」

「はっ!?」

思いがけないことを言われて修羅はギョッと目を丸くする。

「俺がダンナで弥幸がヨメなのに、それじゃあ逆だろっ？」

慌てた修羅はそれだけは譲れないと主張した。

弥幸をヨメにしたからには、修羅は当然自分が弥幸を抱くのだと信じていたのだ。

「男同士なんだし、どっちでも問題ないさ」

弥幸はまるで細かいことは気にするなというように言ってのける。

「だったら俺が突っ込みたい！」

どっちでもいいなら突っ込むのがいいに決まっている修羅は懸命に訴えた。

「ダメだ」

しかし弥幸は修羅の懇願をあっさりと却下してしまう。

「なんでっ!?」

修羅は必死で食い下がろうとするが、いつの間にか弥幸に決定権があると思い込んでいるあたり、お仕置きで主従関係を叩き込まれてしまったみたいだ。

「的場組の跡目として、泣く子も黙る極道の修羅が、ヨメに犯されてヒーヒー泣いてる顔に興奮するんじゃないか」

ウットリと目を細めた弥幸はサディスティックな妄想を口にする。

「うーうー」

そんなの冗談じゃないと思うのに、拒絶したら弥幸への愛を疑われてしまう気がして、言い返すこともできない修羅は唸り声をあげた。

「サディストのヨメをもらったことを後悔しても遅いぞ。なんたって盃を酌み交わしたからには、俺は修羅の生涯の伴侶になるらしいからな」

「マジかよぉ」

盃を交わすことで弥幸を一生自分から逃げられないようにするつもりが、完全に逆手に取られて言いなりにさせられている現実に修羅は愕然《がくぜん》となった。

「ほら、ベッドの上で四つん這いになんな」

弥幸は修羅の身体をベッドの真ん中に押しやって指示を出す。

「腕縛られたままじゃ無理っ」

まだ後ろ手に拘束されたままの修羅は膨れっ面で首を横に振る。

「解くとまた暴れそうだし、仰向けにするか」

先ほどまで泣いていたクセに威勢を取り戻した修羅に、ニヤッと笑った弥幸は修羅の脚を掴んで、膝のあたりに絡まっているズボンとパンツを脚から抜き取ると、中途半端にでんぐり返しをしているような体勢に押さえ込んだ。

「へっ？」

肩をベッドについて尻が天井を向いて浮き上がった格好になった修羅は、股間からぶら下がっているペニスと正面から対峙《たいじ》してしまう。

「ちょおっ、なんて格好させんだぁッ！」

V字に開いた脚の間から弥幸と目が合って、修羅は羞恥《しゅうち》に頭をクラクラさせながら喚いた。

「恥ずかし固めとも、ちんぐり返しとも言う」

「だぁあっ！」

弥幸は楽しそうに解説するが、修羅は体勢の名称を聞いているわけではない。

「真っ赤に染まった尻も、プリッとした睾丸も、この状況にますますガチガチになっている肉棒も、無防備に晒《さら》すしかないってどんな気分だ？」

なおも修羅の羞恥を煽ろうと、弥幸はあえて身体の状態を言葉にして伝えてやる。

「見ちゃヤダぁ…」

弥幸の視線を意識した修羅は頬を朱に染めてイヤイヤと首を振った。

「嫌なのに、先っぽから透明の蜜をダラダラ溢れさせるってドMだな」

「チガッ…」

鼻で笑った弥幸に指摘されて修羅はギクッとなる。修羅は自分にマゾの気があるなんて思ったこともないけど、弥幸の意地悪な言葉に身体が熱くなっているのは紛れもない事実だ。

「嘘ついたり、抵抗したりすると、コレで乳首を挟むぞ」

片方の眉をヒョイッと吊り上げた弥幸は、ベッドの横に置いてあるナイトテーブルの引き出しからボディークリップを取り出す。

「な…にソレッ!?」

二つの小振りな金属のクリップがチェーンで繋がっている逸品は、明らかに文房具ではなくアダルトグッズにしか見えない。クリップの先端部分にビニールのキャップがついているとはいえ、乳首を挟まれたりしたら絶対に痛いに決まっている。

「ただのクリップだ」

驚愕に目を見開く修羅に弥幸は平然と答えた。

「なんでそんなん持ってんだよぉっ！」

修羅の抗議を無視した弥幸は、おもむろに舌を伸ばすと尻の割れ目に沿ってツウッと舐めた。

「ひぃ…ッ！」

ぬめった舌がクレバスを這う感触に修羅はゾクッとなった。

「舐めちゃっ…汚いってぇ…ッ」

さらに窄《すぼ》まった後孔の入口を解すためにチロチロくすぐられて、居たたまれなくなった修羅は泣きそうな声で訴える。

「さっき風呂で綺麗に洗っておいたぞ」

弥幸は心配するなとばかりに答えると、尖らせた舌を体内に侵入させるように差し込んだ。

「だっ！　グリグリしちゃっ…あぅっ！」

唾液を馴染ませながら舌で浅い部分をほじられた修羅は、背筋がゾクゾクする感覚に無意識に腰を捩って身悶えた。

「ココはもっとしてほしいって、ヒクヒクしてるけど」

修羅の意思とは裏腹に、括約筋が舌の動きに反応して物欲しげに伸縮している。

「そん…にゃっ！　はぅっ！」

恥ずかしい指摘に修羅はますます下半身が熱くなって、弥幸の舌が抽挿するたびに甘い声をあげてしまう。

「あはぁ…」

くすぐったいような快感にペニスもキュンキュン反応してはち切れそうに膨らむ。

「だいぶ柔らかくなったな…」

濡れそぼった後孔から舌を離した弥幸は、ナイトテーブルの引き出しからローションを取り出した。

「もうちょっと慣らすから、力抜いてろよ」

弥幸は口で器用にキャップを外すと中身を修羅の割れ目に垂らす。

「ひゃ…冷たっ…」

ヒンヤリとしたローションが熱を持った肌を伝う感触に修羅はビクッとなる。

「ローション、気持ちいいだろ?」

尻の穴を窄める修羅に弥幸は安心させるように言うと、ローションをペニスのほうまで塗りたくってやった。

「ヌルヌルするぅ…」

粘着質な液体にペニスを包まれた修羅は上擦《うわず》った声で訴えた。

修羅がペニスへの快感に油断している隙《すき》を突いて、弥幸はローションにまみれた後孔に人差し指をツプッと差し入れる。

「いっ!?」

突然の異物感に襲われた修羅は目をギョッと見開いた。

「痛いか？」

侵入を拒んでキツく括約筋《かつやくきん》を締めつける修羅に弥幸は優しく聞いてやった。

「イタックない…けど、なんか…挟まってるみたいでっ、気持ち悪いぃっ…」

尻の穴がムズムズして、とてもジッとしていられない修羅はイヤイヤをするように腰をくねらせる。

「そりゃ指が挿《はい》ってるからな」

弥幸は苦笑いで言うと修羅の内壁を探るように指を動かす。

「ヤッ…動かすなぁっ…！」

弥幸の指が身体の奥で蠢くたびに、背筋がゾクゾクッと痺れて言いようのない不快感が襲う。

「ワガママ言うなって、最低でも指三本は挿るようになんないと、俺のをぶち込んでやれないぞ」

「絶対ムリッ！」

指一本でも凄まじい異物感に戦慄《わなな》いている修羅は、トンデモナイというように首を振った。

「ちょっと強引にこじ開けるか…」

頑《かたく》なに後孔を締めつける修羅に弥幸はため息を漏らすと、左手でローションを追加で垂らしながら、後孔に埋まっている人差し指に沿って中指をねじ込んだ。

「ギャッ！」

入口が引き攣《つ》れるみたいに痛んだ修羅は悲鳴をあげる。

「イッテーじゃんかぁッ！」

懸命に入口を窄めようとする括約筋に逆らって、グニグニと内壁を広げられた修羅は泣きそうな声で抗議した。

「この程度で涙目になるなんて、修羅も案外だらしないな」

弥幸はなおも二本の指で修羅の中を掻き回しながら小馬鹿にしたように言った。

「はぁっ!?」

「刃太にだって明王さんの立派なイチモツを銜えられるんだから、修羅にできないはずないだろ？」

あからさまにムッとなる修羅に、弥幸は身近な具体例を挙げて挑発する。

そもそも弥幸には明王のイチモツが立派かどうかなんて知る由《よし》もないのだが、修羅の自尊心をくすぐってやるのが目的なので多少オーバーに表現したのだ。

「と、当然だっ」

負けず嫌いな修羅は刃太より弱虫だと思われたくなくて虚勢を張ってしまう。

まんまと修羅の抵抗を封じた弥幸は、二本の指で修羅の入口を広げながら抽挿を繰り返す。

「くぅッ…んっ…」

歯を食いしばって異物感を堪えていると、弥幸の指がだんだん馴染んできたのか、異物感よりも身体の奥に疼くみたいな快感が込み上げてきた。

「そうそう、リラックスして緩めるんだ」

まるで吸いつくように蠢く内壁を弥幸は指の腹で押して刺激してやる。

「ヒッ！　あぁっ！」

くの字に曲がった指がコリコリした突起に引っかかると、修羅はあからさまにビクッと腰を跳ねさせた。

「ココ？」

弥幸は修羅の反応を確かめるためにその部分を引っ掻いてやる。

「うにゃあんっ！」

ペニスの先端までビリビリと痺れるほどの快感が伝って、腰が蕩けそうになった修羅は鼻にかかった声で喘いだ。

「これが前立腺《ぜんりつせん》ってヤツか」

感心しきりでつぶやいた弥幸は、執拗《しつよう》にその部分をグリグリ刺激した。

「ヤッ！　なぁっンッ!?」

睾丸から湧き出るように射精感が込み上げてきて修羅は背筋がゾクッとなる。

「なんっ…か！　ヤバッ！」

今にもイッてしまいそうになった修羅はパサパサと頭を振った。

「ん？」

「俺またイキそ…ッ！」

ペニスを弄られる直接的な快感とは違う、滾《たぎ》るばかりの絶頂感に修羅は弥幸の指をキュウキュウ締めつけながら訴えた。

「今度こそ俺が許可を与えるまで、ちゃんと我慢しろよ」

ピクピクとペニスを痙攣させる修羅に弥幸は厳しい口調で言いつける。

「でっ…きないぃッ！」

自分の意志ではコントロールできない快感に修羅は切羽詰まったような声を出す。

「仕方ない、痛みで気を逸らすとしよう」

弥幸はもっともらしく言うと、左手一本で器用に修羅が着ている詰め襟の学生服の前合わせを開いて、シャツのボタンを上からひとつずつ外していく。そして先ほど用意してあったクリップを手に取り、修羅の右側の乳首をパチンと挟んだ。

「ンなっ!?　いっぎゃあぁあッ！」

小粒な乳首が潰れるほどの痛みに修羅は絶叫しながら白濁した液体をぶちまけた。

「え？」

修羅の胸から顔にかけて精液が飛び散ったのを見て、弥幸は目をパチクリさせる。

「痛みで萎えるどころか暴発するって、だらしないドMだな」

ワザと呆れたように肩を竦めた弥幸は後孔から指を引き抜いてしまう。

弥幸の思惑とは正反対に、痛みが引き金となって射精してしまった修羅には、想像以上に被虐嗜好《ひぎゃく》がありそうだった。

「ひぐっ…」

射精を終えても身体の熱が治まらない修羅は涙目で弥幸を見上げる。

後ろ手に拘束されたままでは自らのザーメンで汚れた顔を拭くことすらできない。

「乳首ぃ…ジンジンするよぉ…」

修羅は小さな突起をキツく摘むクリップに苦痛を訴えながらも、外してほしいとは言わなかった。

「コッチの乳首もイジメてほしい？」

被虐的な快感に酔っている修羅に、弥幸はクスッと笑って左側の乳首を腹の指で優しく撫でた。

「やぁ…」

くすぐったい甘い快感が腰まで響いて修羅はゾクッとなる。

「はっあぁ…ッ」

さらに乳首を押し潰すようにクリクリ撫でられると、イッたばかりのペニスが性懲《しょうこ》りもなく疼いてしまう。

「ちょっと撫でてやっただけで尖らせて、イヤラシイな」

痛々しく赤くなって潰れている右の乳首とは対照的に、左の乳首は薄いピンク色の突起が恥ずかしそうにツンッと膨らんで、もっと強い刺激を欲しがっているかのようだ。

「ふぇっ…んっ…」

気持ちいいのにもどかしくて修羅は無意識に腰をくねらせた。

弥幸は物欲しそうに尖っている右の乳首を爪でカリッと引っ掻いてやる。

「あぅうっ！」

ビリッという強い痛みと刺激に襲われた修羅は、苦悶《くもん》の声をあげて大きく背を仰け反らせた。

「修羅ばっかり気持ちいいのは不公平じゃないか？」

「ごめっ…」

不満げな弥幸の問いに修羅はカァッと赤くなって謝った。

「今度は修羅が俺のこと気持ちよくしてくれるよな」

有無を言わさぬ口調で確認した弥幸は、存在を誇示《こじ》するようにズボンの前をはだけてペニスを取り出す。

「…わかった」

天を向いて猛っている弥幸のペニスに戦きながらも、覚悟を決めた修羅は胸を大きく高鳴らせながら頷いた。

「俺のナニを修羅のドコで気持ちよくするんだ？」

さらに弥幸は修羅の口から挿入のオネダリをさせようとする。

「み、弥幸せんせぇ…の、チンチンを…、俺の……ケツの穴に突っ込んでぇ…、気持ちよくなってくださいっ」

修羅はシドロモドロになりながらも弥幸の望む台詞を口にした。

「その格好で先生って言われると、悪いことしてる気分になるな」

思わず馴染みのある呼び方をする修羅に弥幸は苦笑いで突っ込んだ。

もはやただのコスプレに過ぎないとはいえ、元家庭教師の弥幸は教え子に手を出している背徳感にたまらなく興奮する。

「腕は解いてやるから、自分で膝を持って開いておくんだぞ」

さすがにもう抵抗しないだろうと踏んだ弥幸は、修羅の手首を拘束していたベルトを外してやった。

「う、うん……」

腕が自由になってホッとしつつも、仰向けになって自ら脚を開くという、まるで弥幸を誘うようなポーズを指定されて、修羅は必死で羞恥心を堪えながら身体を動かす。

指とは比べものにならないくらい太い弥幸の分身を突っ込まれるのだと思うと、恐怖で身体が固くなるけど、プライドが高い修羅は怯えているなんて悟られまいとしてしまう。

「ゆっくり、挿《い》れるからな……」

修羅の脚の間に身体を入れた弥幸は、ペニスの先端を修羅の後孔に押し当てた。

「クッ…うぅンッ！」

そのまま狭い入口を太い塊でこじ開けられそうになると、尻の穴を引き裂かれるのではという痛みが襲ってくる。

「力むんじゃない」

苦悶の表情で身体を強張《こわば》らせる修羅に、弥幸は眉をひそめて言い聞かせながら修羅の分身を扱いてやった。

「ツはっッ…！」

キュンッという快感に力が抜けた隙を狙って弥幸は先端をグッとめり込ませた。

「先っぽが挿った…」

一番太いカリの部分まで埋め込むことができて弥幸は安堵《あんど》の表情を浮かべる。

「も…いっそ、ひと思いに奥まで突っ込んじゃってくれよぉッ！」

ジリジリと奥まで差し込もうとする弥幸に、早くこの苦痛を終わらせてほしい修羅はヤケクソ気味に叫んだ。

「そんなモッタイナイことするワケないだろ」

実際には修羅の身体を気遣って、なるべく負担がかからないように慣らしながら挿れているのだが、あえて弥幸は意地悪な言い方をしてやった。

「修羅のはじめてをゆっくり味わいたいからな」

必死で歯を食いしばる修羅の緊張を解くために、弥幸は唇を啄んで優しく吸ってやる。

「んぅっ…ふ…ッ！」

歯列を割って侵入してきた舌の甘さに、縋《すが》るように修羅は舌を絡め返す。

キスに夢中になった修羅の身体は徐々に強張りが解けていく。

「俺の大きさに合わせて広がってくのがわかるか？」

「み…さきぃッ…」

唇を離した弥幸の問いに修羅はコクコクと頷いた。

「ふぅ、全部挿ったぞ」

なんとか根本まで挿入を果たした弥幸は、ホッとしたように息を吐いて告げる。

「あ……」

尻の穴はビリビリ痛いけど、弥幸が自分の中にいる証なのだと思うと嬉しくて、背筋がゾクゾクするほどの快感が込み上げてきた。

「なんだ、また勃ったのか？」

弥幸の手の中でムクムクと成長する修羅の分身に、半ば感心しながらもからかうように聞いてやる。

「これはっ…」

快感より痛みのほうが強いのに、弥幸とエッチできたのが嬉しくて身体が悦んでいるのだ。

「そうだよ！　だって弥幸とひとつに繋がってるって思ったら、スッゲー痛いのに頭ン中まで痺れるみたいに気持ちよくなるんだもん！」

修羅はほとんどキレ気味に正直な想いを告げた。

「可愛いな、修羅…」

修羅が愛しくてたまらなくなった弥幸は、幼さの残る頬に唇を寄せる。

「んっ…弥幸ぃ…」

頬から顎を伝って、鎖骨のあたりをチュッと強めに吸うと、修羅の肌に所有印のような赤い痕が残った。

「もっと泣かせてやりたくなる」

「ふぇっ？」

ニヤリと笑った弥幸に修羅はキョトンと首を傾げた。

弥幸は修羅と視線を合わせたまま左の乳首に吸いつくと、小さな突起を前歯で挟んで噛みつく。

「くぎゃあっ！　噛んじゃッ…やぁ！」

乳首にゴリゴリと歯を立てられて、鋭い痛みとペニスにまで響く快感に襲われた修羅は、パサパサと頭を振って咽《むせ》び泣いた。

「はぁッ…ンッ！」

赤くなった乳首を慰《なぐさ》めるように舌でチロチロ舐めてやりながら、腰を小刻みに律動させて奥を突いてやると、痺れるみたいな快感が背筋を伝って修羅を蕩けさせる。

「あっ！　ソコ…ヤバッ！」

カリの出っ張りで一番感じるポイントを抉らんばかりに擦られた修羅は、両脚で弥幸の腰にしがみつくようにホールドして叫んだ。

「ココを突いてほしい？」

弥幸は的確に修羅の弱点を狙って抽挿を繰り返す。

「やぁっ…あんっ！」

入口はまだ火傷《やけど》したみたいに熱くて痛いのに、弥幸の肉棒で内壁を擦られると痺れるような快感が背筋を伝って脳天まで突き抜ける。

「気持ちいっ…よぉおッ！」

心も身体も弥幸に支配された修羅は幸福感で咽び泣きながら訴えた。

「俺も、気持ちいいよっ」

無意識に後孔をキュウキュウ締めつける修羅に、ニッコリと笑って頷いた弥幸は、修羅の右の乳首を苛《さいな》んでいるクリップに繋がっている鎖をグイッと引っ張った。

「うっぎゃあぁーッ！」

クリップに挟まれたまま修羅の乳首が限界まで伸びて、ブチッと外れる瞬間に最大級の痛みが襲う。

「修羅さんっ!!」

修羅の絶叫が寝室にこだました直後に、勢いよく寝室の扉が開いて虎太郎が飛び込んできた。

「バカ虎太郎っ！」

虎太郎を制止しようとした龍輔も同時に入室してきて、大股開きで弥幸に組み敷かれている修羅と対峙する。

「ッ!?」

弥幸のイチモツを後孔に銜え込んだまま二人の舎弟と相対した修羅は、ギョッと目を見開いて全身を硬直させた。

「なんだ？」

突然の乱入者にも弥幸は動じることなく問いかける。

「うあ…」

修羅の痴態《ちたい》に頭が真っ白になった虎太郎は言葉を失って立ち尽くす。

「申し訳ありません。修羅さんの悲鳴に虎太郎が居ても立ってもいられなくなってしまって…」

虎太郎に代わって頭を下げた龍輔は、虎太郎が寝室に飛び込んだ理由を話した。

いくら事前に弥幸が修羅を泣かすと宣言していたとはいえ、肌を打つ音や修羅の泣き声がリビングのほうまで響いてきて、ようやく治まったかと思ったらまた修羅の苦痛を訴える悲鳴がしたとあっては、さすがにただ事ではないかもと不安になってしまったのだ。

「そんなに心配ならソコで見守っててもかまわないぞ」

「はぁ？」

ニヤリと人の悪い笑みを浮かべて促す弥幸に龍輔は眉をひそめる。

「ほら、修羅が俺に泣かされて悦んでるって理解できるだろう？」

修羅の腰を両手で掴んだ弥幸は、結合部分を支点にして尻を浮かせるように持ち上げた。

頭をベッドについたまま腰を反らせる体勢で、無防備に股間を晒す羽目になった修羅はカァアッと赤くなった。

「見…るなバカぁああっ！」

修羅は激高《げっこう》して叫ぶが、天を仰いでヒクヒクと揺れるペニスの先端からは透明な蜜がダラダラと溢れている。

「行くぞ、虎太郎」

「うぁあ…」

居たたまれなくなった龍輔は、まだ放心状態の虎太郎を無理矢理引っ張って寝室から出ていった。

「なんだ、せっかく見せてやろうってのに…」

ギャラリーがいなくなって弥幸は残念そうにつぶやく。

「なに考えてんだよぉッ！」

怒りでワナワナと震えた修羅は涙目で弥幸を責めた。

「だって修羅、アイツらに見られて興奮しただろう？」

修羅がその気になれば弥幸を突き飛ばして逃げることだってできたはずなのに、銜え込んだペニスをキュウキュウと締めつけて離さなかったのがいい証拠だ。

「んなっ!?」

弥幸の指摘に修羅は自分の性癖を思い知らされる。

「修羅のこと尊敬してる舎弟に、ヨメに犯されてる一番恥ずかしい姿を見られて、たまらなく感じちゃったんだよな」

「そんなことないっ！」

意地悪く囁く弥幸に修羅は懸命に首をブンブンと左右に振って否定するが、二人の視線を思い出すだけで下半身が熱くなってしまう。

「いくら否定しても、修羅の分身はパンパンに張りつめてるぞ」

弥幸は修羅の嘘を咎めるように指でペニスをピンッと弾いた。

「これはっ、そんなんじゃ…」

そんな僅《わず》かな痛みすら修羅には快感でしかなくて、被虐的な欲望に濡れた瞳で弥幸を見つめる。

「アイツらにもっとイイ声聞かせてやろうか」

あえて舎弟たちの存在を意識させるために言った弥幸は、大きなストロークで修羅の最奥を突くように腰を叩きつけた。

「ひっ…あぁっ！　ヤッ！」

爪先まで稲妻が走るような快感に襲われて、修羅は弥幸の律動に合わせて嬌声《きょうせい》をあげる。

「ふっ！　くぅッ！」

これでは本当に甘ったるい喘ぎ声がマンション中に響きそうだと焦った修羅は、慌てて両手で口を塞《ふさ》ぐ。

「声を殺すんじゃない」

無駄な抵抗をする修羅に、ムッとなった弥幸は修羅の両手首をそれぞれ掴むと頭の横に押さえつけた。

「ダァーッ！」

上から体重をかけられるとさすがの修羅も振り解けなくて、悔しそうな声をあげる。

「やぁっ…みっさきぃッ！　あぁんッ！」

何度も大きく腰を叩きつけられると、舎弟への体面など気にしていられなくなるほど気持ちよくて、修羅は縋るように弥幸の名前を呼んだ。

弥幸は修羅の声に応えてキスを与えてやりながら腰を激しく律動させた。

「マジでっ！　ひぁっ…バカんなるぅッ！」

弥幸に奥を突かれるたびに、脳天まで突き抜けるような快感が背筋を走る。

「うあぁあッ！」

迫り上がってくる快感の波に飲み込まれそうになった修羅は、腰をガクガクと痙攣させながら絶頂を堪えた。

「クッ…俺のほうが搾り取られそうだ…」

ペニスに吸いついてキュウウッと締まる内壁の感触に弥幸の限界も迫ってくる。

「やぁっ両方はぁ…ッ！」

さらに追い込むようにペニスをユルユルと扱かれて、射精感が込み上げてきた修羅は大きく背を仰け反らせた。

「あんっ！　ヤッ！　うぁあっ！」

最奥をガンガン突かれながら先端の窪みを指でグリグリされると、快感が何倍にも膨らんで頭が真っ白になってしまう。

「ヤバイッ！　俺また…イクぅッ！」

とても堪えることができない絶頂感に、修羅は無意識に弥幸の分身をグイグイ締めつけて訴える。

「俺も…一緒に…」

コクンと頷いた弥幸は、ラストスパートをかけるように修羅の最奥を大きく抉った。

「あぁあ――――ッ！」

一際強く最奥を貫かれた修羅は甲高い悲鳴をあげながら精を噴き出した。

「くぅッ…！」

内壁の締めつけに逆らってペニスを引き抜いた弥幸は、修羅の顔面めがけて熱い飛沫《ひまつ》をぶっかける。

「うぇえっ？」

ドロドロに濃い体液を浴びせられた修羅は思わず顔をしかめた。

「涙と精液で顔をぐちゃぐちゃにさせた修羅、最高に可愛いぞ」

呆然《ぼうぜん》とする修羅に弥幸はウットリと目を細めて言う。

「やっぱ変態だぁ……」

こんな方法でしか性欲を満たすことができない弥幸はやっぱり普通じゃないと、改めて実感した修羅はなんともいえない気分に陥った。

それでも弥幸とはじめて結ばれて嬉しいと思ってしまうのも事実だ。

「そうだ、写真を撮っておこう」

スーツのポケットから携帯電話を取り出した弥幸は、おもむろに修羅の横に寝そべるとツーショットになるように写真を撮る。

「ゲッ」

精液まみれの顔を激写されて修羅はヒクッと頬を引き攣らせた。

「うん、可愛く撮れた」

弥幸は携帯電話の画像を確認して満足そうに頷いている。

自分の幼い外見がコンプレックスの修羅にとって可愛いは禁句だが、弥幸に言われると不思議と嫌じゃなかった。

「お、俺を可愛いなんて言っていいのは弥幸だけなんだからなっ！」

胸をキュンッと高鳴らせた修羅は、ザーメンまみれの顔で精一杯の虚勢を張るように叫んだ。

翌朝、修羅は弥幸の腕の中で目を覚ました。

「ん…ぅう…」

誰かとひとつのベッドにくっついて寝たのもはじめてだし、緊張と興奮のせいもあってよく眠れなかったのだ。

「ハッ！　弥幸っ！」

ボーッとした頭で布団からモゾモゾと這い出ようとした修羅は、改めて隣に裸の弥幸が寝ているのに気づいて心臓を跳ね上がらせる。

弥幸の体温を肌で感じると布団から出るのがもったいなくなってしまう。

「…夢じゃない」

至近距離で弥幸の端正な顔を眺めた修羅はポツリとつぶやいた。

「てことは、アレもコレも現実だよなぁ」

盃を交わして弥幸をヨメにしたのはいいが、初夜からお仕置きで泣かされた挙げ句ケツを掘られるなんて、大誤算もいいところだった。しかも弥幸のイチモツを突っ込まれて勃起しているところを、龍輔と虎太郎に見られてしまったのだ。

「あ〜」

親分としての面目が丸潰れになった修羅は思いっきり頭を抱える。

「なに朝から百面相してるんだ…？」

いつの間に目を覚ましていたのか、弥幸は赤くなったり青くなったりしている修羅に不思議そうに尋ねた。

「あ、おはよー」

ギクッとなった修羅は咄嗟に笑顔を作って挨拶する。

「おはよう」

誤魔化し笑いを浮かべる修羅に、弥幸はチュッとキスをしてやった。

おはようのチューですらヨメにリードされて修羅はガクッとうなだれた。

「もしかして、俺にプロポーズしたことを後悔してるのか？」

「ンなわけねーだろっ！」

率直な弥幸の問いに、ブンブンと首を横に振った修羅は弾かれたように叫んだ。

「弥幸みたいな変態をヨメにできるのは俺くらいだからな」

つい見栄を張った修羅は自分の器の大きさをアピールする。

「そうだな」

クスッと笑って頷く弥幸に、修羅は今度こそ自分のほうから唇を寄せた。

「んっ…」

目を閉じて弥幸の唇を啄むと、そのシットリとした柔らかさと立体感をリアルに覚える。

このまま舌を入れてディープなキスをするべきか、それとも朝は爽やかに軽いキスだけで済ますべきか修羅は悩んでしまう。

「失礼します」

修羅がウダウダ考えているうちに、コンコンとノックの音がして龍輔が寝室に入ってきた。

「なんだよ」

名残《なごり》惜しげに弥幸から唇を離した修羅はぶっきらぼうに尋ねる。

「差し出がましいかとは思いましたが、朝食を用意させていただきました」

「そういや腹減ったな…」

龍輔の申し出にムクリと起き上がった弥幸は腹をさすってつぶやく。

高級マンションに相応しい広くて立派なキッチンがあるものの、弥幸はほとんど自炊をしない。いつもオフィスがあるビルのカフェでモーニングを食べるか、コーヒーだけで済ませてしまうので、修羅の舎弟が料理をしてくれるなら大歓迎だった。

「ダイニングでお待ちしてます」

龍輔はそう告げると先に寝室を出てキッチンに戻る。

「着替えがいるだろ？」

ベッドを下りた弥幸は、寝室に併設されているウォークインクローゼットに入っていく。

「あ、うん」

昨晩は着の身着のまま弥幸のマンションを訪れたので、修羅はまだ自分の荷物を明王の家から運んできていない。

「ジャージでいいよな」

自身もラフな部屋着を着込んだ弥幸は修羅に着替えを手渡す。

小柄な修羅でもウエストがゴムのジャージなら着られると思ったのだ。

「ありがとう」

しかし、袖《そで》も裾《すそ》も修羅には丈が長くて、嫌でも体格差を意識させられてしまう。

二人で洗顔を済ませてからダイニングに向かうと、味噌汁のいい香りが漂ってきた。

「修羅さん！　おはようございます！」

ダイニングに入ってきた修羅に、朝食をテーブルに運んでいた虎太郎が無駄に元気な挨拶をしてくる。

「オウ」

いつもと変わらない虎太郎の態度に修羅は内心ホッとしつつテーブルにつく。

「昨晩はスイマセンでした！」

あえて昨晩のことには触れなかった龍輔とは対照的に、虎太郎はガバッと頭を深く下げて謝った。

「…別に気にしてねーよ」

改めて謝られても反応に困る修羅は、なんでもないふうを装ってしまう。

「てか、そういうプレイみたいなもんだしなっ」

「ぷれいっ？」

変な見栄を張る修羅に虎太郎は目をパチクリさせる。

あくまで自分が望んで弥幸に泣かされていたというニュアンスで話すのは、短絡的な虎太郎が弥幸を逆恨みしないようにとの狙いもあった。

ともあれ、舎弟たちが昨晩の痴態を見せつけられて失望してないことに修羅は安堵した。

「へぇ、美味《うま》そうだな」

修羅の気遣いなど知らない弥幸は家庭的な朝食に感心したように言っている。

炊きたての白いご飯に味噌汁と焼き鮭《ざけ》、卵焼きに香《こう》の物まで添えられた朝食は、特別豪華ではないが手作りであることに間違いなかった。

「こう見えても虎太郎は料理が得意なんです」

甲斐甲斐しく支度をする虎太郎に代わって龍輔が弥幸に説明する。

母子家庭で育ったおかげでひととおりの家事がこなせる虎太郎は、わざわざ二十四時間営業のスーパーに足を運んで朝食の材料を調達してきたのだ。

「お坊ちゃま育ちで、なんもできない龍輔と違ってな」

フンッと笑った虎太郎は得意げに言う。

「俺は頭脳労働担当なんだ」

「あ？」

シレッと嫌味をかわす龍輔に、暗に学歴の差を指摘されて虎太郎はムッと眉をひそめた。

「虎太郎、お茶」

二人のいざこざには慣れっこの修羅は平然と命じる。

「はい！」

虎太郎は大きく頷いてキッチンに向かった。

猫舌の修羅のために、少し低めの温度の湯で抽出したお茶を用意する。

「姐《あね》さんもどうぞ」

修羅にお茶を出した虎太郎は弥幸の前にも置く。

「姐さんはよしてくれ」

丸きりヤクザの女房的な呼び方をされて、弥幸は顔をしかめた。

「でも修羅さんのヨメなんだから、俺たちにとっては姐さんッスよ」

ベッドでの主従関係がどうであれ、弥幸のほうがヨメだと思い込まなければやっていられ

ない虎太郎はキッパリと言い切った。

「普通に弥幸でかまわない」

弥幸はため息混じりに普通の名前で呼ぶことを奨《すす》める。

「食事が済んだら俺はオフィスのほうに行くけど、修羅は明王さんとこから荷物を運んでくるんだろ？」

「うん、とりあえず生活に必要なものくらいは持ってくるつもり」

弥幸の問いに修羅は香ばしく焼けた鮭の身を解しながら答えた。

「じゃあ合鍵を渡しておくな」

忘れないうちにと、いったん席を立った弥幸はサイドボードの引き出しからスペアのカードキーを出して修羅に手渡す。

「えへ、うんっ」

改めて弥幸と一緒に暮らせるのだと実感した修羅は照れくさそうに笑った。

「そうだ。パパが寿司食べに連れてってくれるって言ってたから、弥幸も一緒に行かないか？」

武人にも弥幸と所帯を持ったことを報告しなければと思った修羅はそう提案する。

「今晩はスポンサーと会食があるんだ」

「そっかぁ」

弥幸の仕事を邪魔するワケにもいかず、修羅は残念そうに相槌を打つ。

「親父さんにもよろしく言っといてくれ」

昔気質《かたぎ》の極道で義理人情を重んじる武人には、無理して修羅の家庭教師を引き受けたこともあってよくしてもらっていた。

会社を設立した際には立派な花と祝い金まで贈られている。

「わかった」

弥幸からの伝言を義理の父への挨拶と受け取った修羅は満面の笑みで頷いた。


昼のうちに舎弟を使って引っ越しを済ませた修羅は、武人と一緒に銀座にある行きつけの寿司屋に来店した。

武人と修羅だけでなく、修羅のお供の龍輔と虎太郎も、武人のボディーガードとしてくっついている的場組の幹部も同行して、寿司屋は貸し切り状態だった。

「やっぱ大将の握る寿司は美味いな」

好物の寿司に舌鼓《したづつみ》を打った修羅は大将の腕を賞賛する。

「ありがとうございます」

職人気質で口数の少ない大将も嬉しそうに微笑んだ。

「お前たちも、どんどん好きな物を頼んでいいぞ」

自分から積極的に注文をしない龍輔や虎太郎に武人は遠慮するなというように促す。

武人にとって修羅の子分は自分の子分も同然だが、まだ盃を受けていない二人にとって的場組の大親分である武人は雲の上の存在で、緊張するなというほうが無理な話だった。

「そうだ。俺、弥幸と所帯を持つことにしたから」

手についた米粒をペロリと舐め取りながら修羅は武人に報告する。

「なに？」

唐突な話に武人は思わず眉をひそめた。

「弥幸もパパによろしくって言ってた」

「いや、しかし…」

修羅が弥幸に恋心を抱いていたのは百も承知だし、だからこそ弥幸に家庭教師をお願いしたのだが、修羅の片想いだと思い込んでいただけに衝撃が大きい。

息子同然に可愛がっていた明王も男を伴侶に選んだが、本妻の息子の聖人がオカマになり、修羅まで男と一生を添い遂げるとあっては孫の顔が見られなくなってしまう。

「反対なのか？」

難色を示す武人に修羅は唇を尖らせて尋ねる。

「まぁ…あの才能を懐に抱え込んでおくのは悪くないか…」

修羅の本妻が弥幸だったとしても、他に愛人でも作って子供を産ませればいいと考えた武人は、弥幸を側に置いておくことのメリットを口にした。

「大将、ウニ五つくれ」

武人の許可を得てご機嫌になった修羅は好きなネタを好きなだけ注文する。

「ウニを五つですね」

豪快な修羅に苦笑いをしながらも、大将は木箱に入った大粒のウニを握りはじめた。

「ところで修羅、そろそろ自分の組を持ったらどうだ？」

大将の手つきに見入っている修羅に、武人は熱いお茶を啜りながら予《かね》てより考えていたことを提案する。

「んぁ？」

頭の中がウニでいっぱいになっていた修羅はキョトンと首を傾げた。

「ソイツらだって、いつまでもチンピラでいるより看板を持ちたいだろう」

「そうだな…」

すでに池袋をシマに大勢の子分を従えている修羅にとって、高校を卒業して明王の家から独立した今、自分の組を持ついいタイミングだった。

龍輔や虎太郎をはじめとした舎弟たちも、その時を待ち望んでいる。

「コイツは支度金だ」

修羅が断るはずもないと思っている武人は、持参した小型のトランクを差し出す。

修羅がトランクを開けると、中には札束がギッチリ詰まっていた。

「こんな大金受け取れません」

ざっと三千万円ほど入っているのを確認して修羅は思わず敬語になって断る。

組を構えることになった子分に親分が祝い金を渡すのは珍しくないが、普通はせいぜい二〜三百万というところだ。

「男が一度出した金を引っ込められるワケないだろう」

あからさまな身内贔屓《びいき》に困惑する修羅に武人はニヤリと笑った。

「…ありがとうございます、親父」

武人の男気《おとこぎ》に受け取らざるを得なくなった修羅は丁寧に礼を述べる。

「それからコレは、修羅が産まれてから若葉がずっと積み立ててきた通帳だ。コイツを元手にシノギをはじめるといい」

さらに武人は若葉から預かってきた貯金通帳と印鑑を修羅に手渡した。

「スゲー」

修羅が生まれてから毎月百万円ずつ欠かすことなく振り込まれている通帳には、二億を超す大金が記されている。

武人から支給される愛人手当の一部を若葉が修羅のために貯めておいたのだ。

「ちゃんと生きた金にしろよ」

感動している修羅に武人はフッと笑って忠告した。

「わかった！」

与えられた金額以上に両親の愛情を感じた修羅は立派な極道になることを誓った。


大金を手にした修羅は、まず池袋に組事務所を構えることにした。

「ふーん、なかなかいいビルじゃん」

今はテナントの入っていない雑居ビルを不動産屋の社長に案内させた修羅は、築年数も浅く綺麗な内装を見て満足そうに言う。

「実はオーナーだった男が借金を残して行方を眩《くら》ませてしまいまして、買い取っていただけるのであれば私どもも助かります」

修羅の素性を知っている不動産屋は、媚《こ》びを売るような低姿勢で事情を話す。

もちろん修羅は表向き、新しく興す会社のオフィスを探しているのだが、きちんとスーツを着ていても外見が幼なすぎて社長どころか社会人にすら見えない。

けれど修羅が関東最大といわれる広域指定暴力団、的場組の跡目であることに間違いなくて、実際に池袋を仕切っている組織のトップでもあるのだ。

「いくらだ？」

「二億ほどでいかがでしょう」

率直に尋ねる修羅に不動産屋は相場より少し安い価格を打診する。

「龍輔、どう思う？」

修羅は念入りに室内を見回している龍輔に意見を求めた。

「せいぜい三千万というところですね」

壁を裏拳でコンコンと叩いた龍輔は肩を竦めて言い放った。

「三千っ!?」

あり得ない金額を提示された不動産屋はギョッと目を見開く。

「それでは、とてもとても…」

ブワッと噴き出してきた額の汗をハンカチで拭いながら、不動産屋は勘弁してほしいと訴える。

「慌てるなよ。その金額で契約してもらえるなら、ウチのモンが責任持って元オーナーに追い込みかけてやるから」

ほとんど泣きそうになっている不動産屋に、修羅は破格でビルを購入するための交換条件を申し出た。

「なるほど、そういうことでしたら…」

ビルの管理をしている不動産屋には損失を与えず、元オーナーの男に負債を押しつけるように仕向けるのだと理解して、不動産屋の社長はホッとし頷く。

「よし、商談成立な」

強引な取引をまとめた修羅はニヤッと笑って不動産屋の肩を叩いた。


修羅はビルの一階から四階をシノギのためのオフィスに、最上階の五階を組事務所として使用することに決めた。

「今日からココが鎌倉組の事務所だ」

直属の幹部を二十名ほど組事務所に集めた修羅は高らかに宣言する。

これから吉日を選んで親子結縁の盃を交わすことで、舎弟たちは的場組直系鎌倉組の正式な構成員となるのだ。

「鎌倉組？」

なぜか弥幸の苗字を組名に使用する修羅に舎弟たちは首を傾げた。

「藤城組じゃ明ちゃんと被るだろ」

組の名前は親分の苗字を使うことが多いが、異父兄も自分の組を持っている修羅にそれは無理だった。

「それより、阿修羅《あしゅら》会とかのが格好よくないッスか？」

ならばと虎太郎は修羅の名前を看板に据えることを提案する。

「それじゃあまるで暴走族じゃないか」

虎太郎のセンスに龍輔は呆れたようにツッコミを入れた。

「いいんだよ、鎌倉組で。表向きは鎌倉興行って社名で、弥幸のゲーム会社のスポンサーになるんだから」

要するに修羅は弥幸が社長を務めるＭＫカンパニーというゲーム会社に投資して、その利益を組の活動資金にするつもりなのだ。

「なるほどぉ」

暴力団に対する取り締まりが厳しい昨今、弥幸の苗字を使用することで、関連会社のように装って世間を欺《あざむ》くのだと理解した虎太郎は感心しきりで頷く。

「龍輔、さっそく看板を発注してくれ」

「わかりました」

看板とはもちろん、事務所に飾る鎌倉組の名前を記した銘木で作られた看板のことだった。

他にも的場組の直系であることを示す代紋《だいもん》の入った額縁や、組名入りの提灯《ちょうちん》を飾ることでグッとヤクザの事務所っぽくなる。

「虎太郎たちは店回りをして、鎌倉組の傘下に入るか確認してこい」

「はい！」

さらに修羅は、これまでみかじめ料をせしめてきた店に対して、正式に組を立ち上げたことを知らせに行くように命じた。

「オイ、行くぞ」

虎太郎を中心に幹部たちは事務所を出て挨拶回りに向かった。


正式に鎌倉組を発足させた修羅は、虎太郎と龍輔を引き連れて弥幸のオフィスを訪れた。

小柄で可愛い顔をした少年と、派手な金髪と銀髪の青年は六本木のオフィスビルには不釣り合いで、行き交う人々の注目を集めてしまう。

「弥幸はどこだ？」

いかにも上品で美しい顔立ちの受付嬢に修羅は凄みを利かせて尋ねる。

「え…あの、どちら様でしょうか…？」

顔に似合わず柄の悪い少年が、社長を下の名前で馴れ馴れしく呼び捨てにすることに違和感を覚えた受付嬢は、オロオロと困惑気味に確認した。

「修羅が会いに来たって伝えてくれ」

さすがに弥幸のダンナを名乗るのはマズイだろうと考えて、修羅は名前を言えばわかるというニュアンスで答える。

「失礼ですが、アポイントメントはございますか？」

ますます修羅の正体を訝しんだ受付嬢は、暗に約束がなければ社長には会えないのだと訴えた。

「は？　俺と弥幸はそんな水くさい仲じゃないっての」

修羅としては最大限の気を遣ってやったつもりなのに、融通《ゆうづう》の利かない受付嬢の態度に苛《いら》立《だ》ちを抑えきれない。

「ですが…」

「チッ、めんどくせーな。今ケータイで連絡すっから」

なおも渋る受付嬢に痺れを切らした修羅は、ポケットから携帯電話を取り出すと弥幸にコールする。

『もしもし？』

「あ、もしもし弥幸？　俺だけど、弥幸に会いに来たら受付で止められて…」

ほどなく電話に出た弥幸に修羅は受付嬢の失礼な態度を愚痴った。

『会いに来たって、今、下の受付にいるのか？』

弥幸はいきなりの訪問に驚いたように確認した。

「うん」

悪びれた様子もなく頷く修羅に弥幸は小さくため息を漏らす。

これまで修羅が弥幸のオフィスを訪ねてきたことなどなかったが、無下に追い返したりしたら騒ぎを起こしそうだし、修羅の素性が社内に広まるのも面倒だと考えた弥幸は、穏便に済ませるためにも修羅を社長室に通すことにする。

『…わかった。話を通すから、ちょっと待っててくれ』

弥幸がそう言って電話を切ると、すぐに受付の内線が鳴った。

「はい」

受付嬢はチラッと修羅の表情を窺ってから内線を取る。

「えっ？　はい、かしこまりました」

相手は当然弥幸で、修羅を社長室に案内してほしいという旨を伝えられたようだ。

「大変失礼しました。社長室にご案内いたします」

内線を切った受付嬢は深々と頭を下げると、先ほどまでとは打って変わって丁寧な口調で修羅に声をかけた。

「おー」

勝ち誇ったように頷いた修羅は、受付嬢の案内でセキュリティーを突破すると、虎太郎と龍輔を連れ立ってエレベーターに乗り込み、最上階にある社長室に向かった。

六本木の高層ビルにあるオフィスのエレベーターはガラス張りになっており、晴れた日には富士山《ふじさん》も見えるという眺望だ。

「お客様をお連れしました」

エレベーターを降りてフロアの一番奥にある社長室のドアを開けた受付嬢は、弥幸に軽く会釈《えしゃく》をしてから修羅たちを中に通す。

社長室は弥幸の作業室も兼ねており、デスクにはハイスペックなパソコンと複数のゲーム機、壁には大きなモニターが設置されていた。

Tシャツにジーンズといったラフな格好で仕事をするゲームクリエイターが多いが、社長はスーツを着ているほうがさまになると思っている弥幸は、きちんとしたブランド物のスーツをスタイリッシュに着こなしている。商談や接待で高級店を訪れる機会も多いし、Tシャツではドレスコードのある店に入れないが、スーツならいつ誰とどこで会うことになっても問題ないし、大は小を兼ねるというか、むしろ合理的でラクな服装という認識があった。

「あぁ、悪かったな」

いつも笑顔で愛想のいい受付嬢の顔が強張っているのを見て、弥幸は申し訳なさそうに謝罪した。

おそらく後ろで偉そうにしている修羅が一方的に悪いと思われるだけに、マンションに戻ったら教育的指導という名のお仕置きをしてやらなければならない。

修羅を泣かせてやる理由ができて弥幸は内心ほくそ笑んだ。

「失礼します」

なぜか楽しそうに唇の端を上げて微笑む弥幸に、違和感を覚えながらもペコッと一礼した受付嬢はそそくさと社長室をあとにした。

「まったく。俺を門前払いしようだなんて、とんでもない女だな」

受付嬢がいなくなると、修羅は眉をひそめて憤慨したように言い放つ。

弥幸の会社の社員だからと思って我慢したが、あんな女は脅しをくれて泣かせてやってもいいくらいだった。

「普通アポがないと、部外者はオフィスに入れないんだよ」

血気盛んな修羅を煽るように弥幸は受付嬢の応対をフォローする。

「俺は弥幸のダンナだぞ」

弥幸が受付嬢を庇ったのが気に入らなくて、修羅は弥幸のデスクをバンッと叩いて主張した。

「で、なんの用だ？」

今この場で修羅と言い争う気などない弥幸は抗議を無視して用件を促す。

「二億ある」

すると修羅は懐から通帳を取り出して弥幸の前に置いた。

「は？」

「この金で俺が弥幸の会社のスポンサーになってやるよ」

キョトンとする弥幸に修羅はニヤリと笑って上から目線で言い放つ。

「生憎《あいにく》と金には困ってないんだ」

修羅に援助してもらわなくても、すでに会社は軌道に乗っているし、スポンサーも引く手数多《あまた》だった。

「へっ？」

あっさりと断られて修羅は目をパチクリさせる。

「そもそも健全な夢を売る仕事に、ヤクザのスポンサーは相応しくないだろう？」

弥幸は修羅と盃を交わして生涯の伴侶となることを誓ったが、仕事とプライベートは別物だと思っているし、業種的にヤクザに介入されるのはイメージがよろしくない。

「なんだとっ!?」

ヤクザを差別する弥幸に修羅はカァッとなって睨んだ。

家庭教師だった頃は、修羅の家柄を知っても差別や偏見なく接してくれたのに、ビジネス

総合口座通帳
藤城修羅
AQA銀行

パートナーとしては認めてもらえないみたいで悔しかった。

「まさか修羅は、俺を金儲けの道具として利用するためにプロポーズしたんじゃないよな？」

感情的になる修羅に弥幸は眉をひそめて問いかける。

「なっ、そんなんじゃ…」

修羅は弥幸の才能に惚れ込んで自分のモノにしたいと思っていたが、言い換えれば弥幸の才能を利用して、楽して儲けようと思っていたとも言えなくなかった。

「だったら出資の話は聞かなかったことにしておくぞ」

あからさまに動揺する修羅にため息を吐いた弥幸は話を打ち切るように告げた。

「…わかった」

了承せざるを得ない修羅は小さくコクンと頷く。

弥幸への愛情を疑われかねない行動を取ってしまったことに、自分への苛立ちでいっぱいになった修羅は、クルッと踵《きびす》を返して弥幸のオフィスをあとにした。


弥幸にスポンサー契約を断られ、シノギのあてが白紙になってしまった修羅は、虎太郎や龍輔の慰めも虚しく荒れに荒れまくっていた。

「チクショー、俺はバカだぁっ」

修羅は開店早々聖人がママを務めるオカマバーのＶＩＰ席を陣取って、浴びるように酒を飲んでいる。とはいっても、未成年の修羅に大酒を飲ませるワケにもいかず、隣に座った聖人が標準よりだいぶ薄い水割りを作ってやっていた。

「修羅さんの申し出を断るなんて、バカはあの男のほうッスよ」

ぐだぐだと管《くだ》を巻く修羅に虎太郎は気を遣って責任転嫁《てんか》する。

「弥幸を悪く言うな！」

それでも完全に弥幸贔屓の修羅は憤慨して叫んだ。

「もう、いいかげんにしなさいよ」

舎弟に当たり散らす修羅に、さすがの聖人も眉をひそめて注意を与えた。

「ウッセー！　もっと酒持ってこい！」

酔っぱらいの駄々《だだ》っ子と化してしまった修羅は、まだ一本目のブランデーを飲み干していないクセに横柄な態度で要求する。

「なにを騒いでるんだ？」

そこへ店のオーナーの明王が、秘書の刃太と逸見を連れ立って入店してきた。

「あら、オーナー」

当然のようにＶＩＰ席の空いているソファに腰掛ける明王に、聖人は嬉しそうに微笑みかける。

ちなみに聖人がペニスを切り落とされる羽目になったのは、武人が実子の自分より明王を的場組の後継者に指名しようとしていることを知り、さらにまだ中学生だった修羅が跡目争いに名乗りを上げたせいで、自分が蚊帳《かや》の外にされたと逆恨みをし、修羅と明王を亡き者にしようと暴走したからだった。

的場組を破門され、オマケに的場家を勘当されて、ヤクザとして生きていくこともできなくなった聖人を、明王は自宅に住まわせ、自身が経営するオカマバーのママとして雇ってやったのだ。

女になった当初は明王を恨んでいた聖人も、今ではその男気に惚れ込んで、刃太のことを一方的にライバル視していた。

「明ちゃんも刃くんも飲めよぉ」

ほんのりとピンク色に頬を染めた修羅は唇を尖らせて二人に酒を勧める。

「なんで荒れてんの？」

促されるまま明王の隣に座って水割りを作りながらも、修羅が不機嫌な理由がわからない刃太は不思議そうに首を傾げて尋ねた。

同じ明王の秘書でも、ボディーガードと運転手も兼ねている逸見は明王の後ろに立ったまま
まだ。

「弥幸さんの会社に出資して、配当金を得ることで組の資金稼ぎをするつもりだったのですが、断られてしまって…」

「なるほどねぇ」

少々言いにくそうに事情を話す龍輔に刃太は苦笑いで頷く。

刃太も明王のイロとして暮らしはじめる前は、ホストとして成り上がって、弥幸がゲーム会社を興す資金稼ぎをするつもりでいただけに、修羅の気持ちはわからなくもない。

けれど弥幸自身の実力と才能で事業が軌道に乗ってしまった今、ヤクザの資金稼ぎに利用されたくないと思うのも仕方のない話だ。

「そりゃ俺は弥幸の才能に惚れてるけど、金目当てで好きになったんじゃないやいっ」

弥幸を金儲けの道具だなんて考えたこともない修羅は悔しそうに主張した。

「そんなこと弥幸だってわかってるって」

子供っぽい口調で管を巻く修羅を刃太は苦笑いで慰める。

「…弥幸のヤツ、本当は俺のこと好きじゃないのかも」

すっかり自信喪失してしまった修羅は、今さらながら自分だけが一方的に弥幸を好きなのではないかと考えてしまう。

「えっ？」

「男と男の約束だから盃を酌み交わしただけで、ＳＭの相手をしてくれるなら誰でもいいのかもしれない…」

なんとしても弥幸をヨメにするのだと、有無を言わさず強引に盃を交わしてしまったが、そこに弥幸の感情が伴っていなければ意味がないし虚しいだけだった。

「だったら、修羅ナシでは生きられないように惚れさせてみたらどうだ」

珍しく弱気になる修羅に、明王は刃太が作った水割りを口に運びながら言ってやる。

「んっ？」

どうにか名誉を挽回《ばんかい》して弥幸と両思いになりたい修羅は明王の話に食いつく。

「惚れた相手をシノギに利用するんじゃなく、シノギを利用して弥幸先生を喜ばせることができたら、男として見直してもらえるんじゃないか？」

既成事実があるだけに悩む必要もないと思っている明王は、フッと笑って一石二鳥の提案をした。

「弥幸が喜ぶコト…」

修羅は目を閉じて弥幸の嗜好に思いを馳《は》せる。

「そうだ！　ＳＭだ！」

真っ先に特殊な性癖が思い浮かんだ修羅は目を輝かせて叫んだ。

「えっえすえむッ!?」

唐突に過激なことを言う修羅に刃太は目をパチクリさせた。

それは弥幸が修羅のプロポーズを受けるための条件でもあったが、二人がどんなプレイをしているのか想像してしまいそうになる。

「SMクラブとかSMホテルとか、弥幸と同じ性癖の変態が悦ぶ店を俺が経営すればいいんじゃん？」

「それは面白いところに目をつけたな」

修羅の短絡的な発想に明王は感心したように言う。

「政治家や一流企業の役員にもその手の嗜好の持ち主は多いっていうし、会員制の高級クラブとかで顧客を集められれば儲かるかもね」

聖人も悪くないアイデアとばかりに頷いた。

「だよなっ!?」

二人の兄に賛同を得た修羅は得意げに小鼻を膨らませる。

「どこに行けば金持ちの変態を集められる？」

居ても立ってもいられなくなった修羅は、興奮気味に聖人に尋ねた。

「やっぱり赤坂《あかさか》界隈じゃないかしら。六本木にある日本初の会員制高級SMクラブ『Full MooN《フルムーン》』は、今なお変態紳士たちに愛されてるわ」

聖人は真っ先に六本木の有名店の名前を出す。

「たしかオーナーの神尾《かみお》密《ひそか》は親父と小中学校の同級生だったはずよ」

父武人とも親交がある六本木の風俗王は、多数のＳＭクラブやＳＭショーパブ、ＳＭホテルまで経営していて、ＳＭ嗜好のある富裕層の間では超有名人だ。

「よし、さっそく乗り込むぞっ」

「ハイッ！」

スクッと立ち上がった修羅は、まるで殴り込みにでも行くかのように龍輔と虎太郎に命じる。

「マジかよ？」

相変わらず無軌道な修羅を刃太は唖然《あぜん》と見送った。

「仕方がない、神尾の爺さんに話を通しておいてやるか」

飲み代も払わずオカマバーを出ていく修羅に、苦笑いを浮かべた明王は携帯電話を取り出す。

「その人のこと知ってンの？」

「あぁ、お互いに風俗店を経営してる身だからな」

神尾という名字もあって、一部の経営者からは神様と崇《あが》められている神尾 密とは、明王も個人的なつきあいがあり風俗のなんたるかを説いてもらったこともある。

手のかかる弟がＳＭ風俗の神様に無礼を働くであろうコトを、明王はあらかじめ謝っておくつもりだった。

「いらっしゃいませ」

龍輔と虎太郎を従えた修羅が六本木の高級ＳＭクラブ『Full MooN』の扉を開くと、黒服の中年男性が恭しく頭を下げて中に招き入れてくれた。

「オーナーはいるか？」

「藤城修羅様ですね、コチラへどうぞ」

単刀直入に尋ねる修羅に、黒服の男は承知しているとばかりにニコッと微笑んだ。

「なんで俺の名前知ってんだ？」

明王が話を通していることを知らない修羅は、訝しげに首を傾げながらも黒服の男についていく。

そもそも『Full MooN』は会員制のクラブなので、明王が手を回していなければ修羅は中に入れてもらえなかったと思われる。

また現在では、ＳＭクラブに限らずほとんどの風俗店がプレイルームを店舗に備えておらず、客は近隣のホテルにチェックインして指名した相手を待つというのが一般的だ。

ホテルは一般的なシティーホテルやラブホテルも利用可能だが、系列のＳＭホテルには一般的なホテルにはない大型の拘束具や、ＳＭプレイに適した設備が整っていて、本物志向の変態紳士たちには人気だった。

さらに『Full MooN』の事務所がある雑居ビルには、『Half MooN《ハーフムーン》』というＳＭショーパブが併設されており、好みのＳ嬢Ｍ嬢を侍《はべ》らせてアルコールを嗜みながら、ステージで行われる本格的なＳＭショーを見物できる。一対一でプレイを楽しむＳＭクラブより気軽に利用でき、値段も比較的抑えられているので連日満員になるほど賑わっていた。

黒服の男に案内されるまま『HalfMooN』の店内に足を踏み入れた修羅は、薄暗いホールの真ん中にライトアップされたステージで、スーツ姿の男性が薄い紗の長襦袢《ながじゅばん》を着た女性を緊縛している姿が目に入って、内心ドキッとしてしまう。

ステージを囲うように配置されているボックス席では、当然のように客たちが緊縛ショーを見物している。

「なんかスゲーな…」

ポーカーフェースの龍輔と違い、感情が表に出やすい虎太郎はあからさまに動揺して視線を泳がせた。

客はいかにも金を持っていそうな年配の男性が中心で、修羅のシマにあるキャバクラの客層と比較しても、はるかに落ち着いた紳士的な雰囲気すらある。

「オーナー、藤城修羅様をお連れしました」

黒服の男は半個室になっている中二階のＶＩＰ席に修羅を通すと、一人で座っている六十代半ばの男性に声をかけた。

「ほぉ、お前さんが武人の息子で明王の弟か」

チラッと修羅の顔を見たオーナーは意外そうな声を出す。

明王から聞いた話では、修羅は武人が愛人に産ませた子で、的場組の跡目として名乗りを上げているという話だが、ヤクザ者どころか下手をすると中学生くらいにしか見えない。

「随分可愛らしい顔をしておるな」

母親譲りの童顔で可愛らしい修羅は、見るからに厳《いか》ついヤクザの武人とも、パッと見はインテリクールな明王とも似ても似つかなかった。

「なにっ？」

幼い外見がコンプレックスの修羅はオーナーの正直な感想にカァッとなる。

「修羅さん、ここは抑えてください」

「チッ」

龍輔に窘められて、なんとか怒りを抑えた修羅はふて腐れ舌打ちした。

ここでキレて暴れまくってしまったら、ビジネスの話どころではなくなってしまう。

「ワシはこの店のオーナーを務める神尾 密という者だ」

神尾は懐から名刺を取り出して修羅に手渡す。

「知ってる。ウチの親父と同級生なんだろ」

先ほど聖人から聞いたばかりの知識を披露した修羅は、自身も鎌倉興業代表取締役という肩書きの入った名刺を神尾に渡した。

神尾が自分の正体を知っているのなら、修羅としても話が早くて好都合だった。

「で、ワシになんの用だ？」

当然のように正面のソファにふんぞり返って座る修羅に神尾は問いかける。

「アンタが経営してるSMクラブを俺に譲る気はないか？」

「なんじゃ、藪から棒に」

ストレートすぎる要求に神尾は思わず目をパチクリさせた。

「金ならあるぞ」

修羅は手っ取り早く神尾の店ごと買収しようと小切手をチラつかせる。

「ワシは金で後継者を決めるつもりはない」

信念を持ってSM風俗の店を経営している神尾は眉をひそめて断言した。

「見てのとおりワシは老いぼれだ。そろそろ引退して後進に道を譲らねばと思ってはいるのだが、なかなかどうして後継者に相応しい男が現れなくてな」

薄利多売で質の悪いSMクラブが増えてきている昨今、本物の愛好者が求める上質なサービスを提供し続けるために、後継者選びは神尾自身も頭を痛めている問題だった。

儲けに走るのではなく、日常生活ではひた隠しにしている性癖をさらけ出すことのできる空間を提供し、その対価として客は大金を落としていくのだ。

「だから俺にやらせてくれよ！」

隠居を考えているという神尾に修羅は真剣な口調で訴える。

「風俗で遊んだこともない小僧にワシの後継者が務まるか」

神尾はフンッと鼻で笑って修羅の要求を一蹴《いっしゅう》した。

「なっ!?　勝手に決めつけんなよっ！」

図星を指された修羅はムキになって反論する。

神尾の指摘どおり、中学生の頃から弥幸一筋だった修羅は風俗遊びどころか、マトモに女の子とつきあったことすらない。

「てか経営者の俺が遊んでなくたって、子分の中には池袋中の風俗に精通してる百戦錬磨《ひゃくせんれんま》の達人だっているぞっ」

「たしかにな…」

修羅の主張に神尾は一理あるとばかりに頷いた。

要はいかに優秀なブレーンを揃えられるかに経営者の力量が問われることとなる。

「お前さん、Mだろう?」

ジッと修羅の目を見据えた神尾はニヤリと笑って言い当てた。

「はっ…？」

だがしかし修羅はドSな弥幸に夜ごと気持ちよく泣かされつつも、決して自分のことを根っからのMだとは思っていない。

「ワシの調教を見事に受けきることができたら、後継者として認めてやってもいい」

長年の経験から修羅をM男だと見抜いた神尾は挑むように持ちかける。

神尾には男色の気はないが、その可愛らしい外見に似合わず、的場組の跡目として小生意気な態度で対峙してくる修羅を、心ゆくまで泣かせてみたいと思ってしまう。

「心配せんでもワシの息子はもう使い物にならん。だが、調教の腕に関してはそこいらの若造には負けんぞ」

唖然としている修羅に、神尾はあくまでSMプレイとして修羅を調教するだけで、性的な関係を結ぶつもりはないと断っておく。

「クソジジイ、調子こいたコト言ってンじゃねーぞ！」

修羅のことを親分として以上に慕っている虎太郎は、ドスの利いた声で神尾を怒鳴りつけた。

「虎太郎は黙ってろっ」

余計な口出しをする虎太郎を修羅はビシッと一喝する。

むしろ虎太郎が先にキレてくれたおかげで冷静になれたのか、神尾の思惑を推測する余裕さえ生まれた。

「生憎だけど、俺には生涯唯一人の伴侶がいる」

ＳＭ風俗に携わる者としての資質を問われているのだと思った修羅は、神尾とはプレイできない理由をはっきり告げる。

「ご主人様に操《みさお》を立てているということか」

修羅の忠誠心に神尾は感心したように頷く。

「違う！　俺がダンナで弥幸がヨメだ！」

神尾の言うご主人様を、マスターではなくハズバンドと勘違いした修羅は憤慨して叫んだ。

「的場組の後継者がヨメに泣かされて悦ぶドＭとは恐れ入った」

ムキになる修羅を神尾は面白そうにからかう。

「ウルセー、俺は変態ごと弥幸を受け入れるって決めたんだ。男に二言があってたまるかっての」

修羅は神尾の言葉を否定するでもなく、むしろ堂々と男らしく言い切った。

「いい瞳をしておるな」

曇りのない真っ直ぐな瞳を向ける修羅に神尾は目を細めて微笑んだ。

潔い修羅の態度からは、生涯唯一人と決めたマスターに隷属することを誇りに思っているのだと伝わってくる。

「俺は弥幸に喜んでもらえるシノギがしたいと思ってる」

腹を割ることにした修羅は、改めて神尾の店を買収しようと思った動機を話す。

「ほぉ」

「俺がアンタの後継者に相応しくないってんなら、このクラブの買収は諦めてもいい」

修羅の本当の目的は神尾の店を乗っ取ることではなく、手っ取り早く金持ちの顧客を手に入れることだった。けれどSMという特殊な風俗は、神尾の豊富な知識と経験から成り立っているのだと実感して、甘い考えを改めることにした。

「その代わり、SM風俗のノウハウを教えてもらいたい」

修羅は改まって神尾に頭を下げて頼み込んだ。

「そんでいつか俺のシマにSMのテーマパークを造りたいんだ」

日本中の変態が挙《こぞ》って集まるような、SMをテーマにした複合施設を組のシマである池袋に建設することが、修羅の最終目標であり、弥幸を喜ばせられるシノギだと思っている。

「テーマパークじゃと？」

スケールの大きい夢をぶち上げる修羅にさすがの神尾も驚く。

「あぁ、そのためにアンタの力を貸してくれ」

コクンと頷いた修羅は神尾を熱っぽく口説いた。

「実に面白い話だ」

まだＳＭが風俗として商売になるとは誰も考えていなかった頃、自らの財産をはたいて経営に乗り出したことを思い出した神尾はフッと微笑んだ。

「じゃあ…」

「ワシの経営する全ての施設を小僧に譲ってやろう」

期待に目を輝かせる修羅に、神尾は小さく頷いて宣言する。

「えっ？」

思いがけない話に修羅は目をパチクリさせた。

「買収に使うはずだった金は、そのテーマパークとやらの建設資金に回すといい」

さらに神尾は大金の使い道を指示してやる。

なにより神尾自身、修羅の思い描いている夢のような事業に携わりたくなったのだ。

「ただし、これからも経営に口を出させてもらうし、それなりの手当ももらうぞ？」

片目をつぶった神尾は、修羅が一人前の後継者になるまで実権を手放すつもりはないと示《し》唆《さ》する。

「もちろん！」

願ってもない条件に修羅は興奮気味に返事をした。

「でも、なんで急に気が変わったんだ？」

修羅にとってはありがたい話だが、神尾の調教を受けることを断っておきながら、経営権を譲ってもらえるなんて不思議でたまらなかった。

「ご主人様に喜んでもらいたいという、お前さんの心意気が気に入った」

なんといっても神尾が心を動かされたポイントはソコに尽きる。

「だからダンナは俺だつってんだろっ」

あくまで弥幸はヨメだと決めつけている修羅は、それだけは譲れないというように鼻息荒く主張した。


四月になって晴れて大学生となった修羅は、的場組の跡目だけでなく、神尾からSM風俗王の称号も後継するために、真面目に大学へと通って経営や経済について学んでいた。

また鎌倉組の構成員たちを神尾の店や明王が経営する藤城産業に修行に出して、池袋への出店に備えている。

修羅自身も大学の講義が終わると、神尾と一緒にテーマパークにする予定の居抜き物件に足を運んで打ち合わせをしたり、業者に機材を発注したりと忙しく動き回っていた。

帰りも遅くなることが多いが、弥幸のマンションで一緒に暮らしているおかげで、夜の営みだけは新婚らしく欠かさなかった。

ただし、弥幸の性癖のせいで夜ごと泣かされる修羅の体力は消耗が激しい。

もちろん修羅は簡単に泣かされてたまるかと張らなくてもいい意地を張るのだが、弥幸の意地悪な責めに子供のように泣きじゃくった挙げ句、死ぬほど気持ちよくイカされて身も心も陥落してしまう。

それでも、昼間は新進気鋭のヤクザの親分として鎌倉組を率いている修羅は、被虐的な欲望を持ち合わせているとは微塵《みじん》も感じさせずに威張り散らしていた。

修羅が弥幸にプロポーズして、一緒に暮らしはじめてから三カ月半が経ったその日は、弥幸の二十三回目の誕生日だった。

「誕生日おめでとう、弥幸」

弥幸を池袋の高層ビルにあるフレンチレストランの個室に招待した修羅は、この日のために特別に用意させた、弥幸の生まれ年のワインが注がれたグラスを傾けて気障《きざ》に微笑んだ。

「ありがとう」

妙に背伸びしている修羅に弥幸はクスッと笑って礼を言うとワインを口に運ぶ。

芳醇《ほうじゅん》な香りと成熟した深みのあるタンニンが広がって、さすが最高級のビンテージワインと感心させられる。

「うっ…」

満足そうにワインを堪能する弥幸とは対照的に、まだ複雑な風味を美味しいと思えない修羅は微妙に眉をひそめた。

「こうやって二人で外食するのははじめてじゃないか？」

やがて運ばれてきた料理に舌鼓を打ちながら弥幸はふと問いかける。

「たしかに、お互い忙しかったし、デートらしいデートもしてないモンな」

交際をすっ飛ばしてプロポーズしたせいか、二人で外出したこともなかったと気づいた修羅は苦笑いで頷く。

そもそも修羅には四六時中ボディーガードとして龍輔か虎太郎が張りついているし、今日だって個室の外には二人が待機しているのだ。

「大学と組のシノギの両立は大変か？」

弥幸が投資の話を断ってからというもの、なにやら事業をはじめるといって忙しく動き回っている修羅に、同じく学生時代に起業した弥幸は少し心配そうに尋ねた。

「時間はいくらあっても足りないけど、やり甲斐はあるよ」

「そうか」

ニッコリと笑って答える修羅は以前より男らしい風格が出てきた気がする。

修羅がいっぱしの組長になって子分も増えて、的場組の跡目に相応しいと周りに認められるようになればなるほど、自分の前では従順な可愛いM奴隷になってしまうというギャップに弥幸は興奮するのだ。

「まぁでも、その忙しさも今日で一段落だ」

フッとほくそ笑んだ弥幸に修羅はヤケにご機嫌で告げた。

「ん？」

なにかを企んでいそうな修羅の表情に、意味がわからない弥幸は首を傾げる。

「食事が終わったら、弥幸を一番に招待したいと思ってる」

弥幸の誕生日に間に合うように完成させたテーマパークに招待することが、本日のメインイベントだった。

「どこへ？」

「内緒」

弥幸の問いに修羅はイタズラっぽく笑って答える。

「ほら早く食べようぜ」

早く弥幸の喜ぶ顔が見たくなった修羅は、残りの食事を次々に口に運んでいく。

せっかくのディナーをガツガツ食べ進める修羅に、ワケがわからないまま急かされた弥幸は慌ただしく食事を終えたのだった。

食事を終えると、修羅は弥幸を車に乗せて幹線沿いにある老舗《しにせ》高級ホテルの跡地に連れてきた。

明治《めいじ》時代に創業したホテルは、当時としてはモダンな洋館に広大な面積の庭園を備えており、結婚式場やパーティー会場としても人気があった。

また経営者はホテルだけでなく、外食産業やレジャー施設も手がけていたのだが、バブルの崩壊とともに業績が悪化し多額の負債を抱え、事業の柱だったホテルも昨今の不況から経営難に陥り、昨年惜しまれつつも廃業に至ったのだ。

修羅は馴染みの不動産屋からホテルの跡地をビルごと安く買い叩いて、ＳＭのテーマパークに改築することにしたのである。バブル期に建てられた高層ビルの新館は取り壊したものの、二度の建て替えを経て今も創業当時の趣を残している旧館は、頑丈で雰囲気もよく内装をリフォームするだけで再利用できた。

「…ココは？」

エントランスの中に入った弥幸は、外観からはとても想像できない、縄で緊縛された女性の倒錯的なオブジェが飾られたフロントに驚いたような声をあげる。

「来週オープン予定の、ＳＭアミューズメントホテル」

修羅はニヤリと笑って施設の正体を明かす。

さすがにＳＭのテーマパークでは公安委員会の許可が下りなかったので、敷地内にいくつかのＳＭ風俗の店舗を展開することにしたのだ。

「えっ？」

「弥幸をシノギに利用するんじゃなくて、シノギを利用して弥幸を喜ばせたかったんだ」

照れくさそうに唇を尖らせた修羅は、改めて弥幸を金儲けの道具だとは思っていないことを主張する。

「俺のために…？」

まさか自分の一言で修羅がＳＭに携わるシノギをはじめるとは、弥幸は思ってもみなかった。

健気な修羅が愛おしくて、とことんイジメて泣かせてやりたくなってしまう。

「このホテルは部屋ごとに色んなシチュエーションでＳＭプレイが楽しめる、いわばＳＭのテーマパークになってるんだぜ」

弥幸の歪んだ欲望を知ってか知らでか、修羅は得意げにＳＭに特化したホテルを解説する。

「病院をモチーフにした生態実験ルーム、学校の教室を再現した体罰教室、江戸時代にタイムスリップしたような拷問部屋、そしてファンタジーの世界に迷い込んだような奴隷広場、他にも体育会系の部活のシゴキとか、囚われた戦隊ヒーローとか、部屋の内装だけじゃなくてコスプレも小道具も充実してるぞ」

「スゴイな」

各部屋ごとのテーマに沿って、ＳＭ風俗の神様こと神尾プロデュースの内装や拘束台が設置された、ＳＭマニアのためのプレイルームは、元が老舗ホテルだったとは思えないほど凝った空間に仕上がっていた。

修羅の説明を聞きながら、フロントの電子パネルに表示されている各部屋の写真を見るだけで、弥幸のテンションもグッと上がった。

「弥幸はどの部屋がいい？」

食い入るようにパネルを見ている弥幸に修羅は嬉しそうに尋ねる。

「どの部屋も見て回りたいけど、奴隷広場が雰囲気あってよさそうだな」

ゲームクリエイターの弥幸としては、ファンタジーな世界観のＲＰＧ《ロールプレイングゲーム》が具現化したような部屋に心惹かれた。

「オッケー。案内するよ」

弥幸のリクエストに頷いた修羅は、さっそくエスカレーターで地下一階に降りていく。

広場と銘打っているだけあって、地下一階の宴会場を改装した広いプレイルームは、内装や機材を揃えるのに一番お金がかかっているし、複数のカップルによる乱交や撮影にも対応している自慢の部屋だ。

「意外と広いんだな…」

魔王の砦《とりで》と言われても納得してしまいそうな、古めかしく加工が施された室内を見回して弥幸は感心したようにつぶやいた。

「これは拘束台か？」

弥幸は部屋の真ん中にあるギロチンを模した物騒な拘束台に近づいていく。

頑丈な木製の二本の柱の間に、二枚の板で首と両手を上下から挟んで固定することのできる穴の空いた、見た目のインパクトが大きい拘束台だった。

ただし処刑用の断頭台と違って首を落とすための刃は取りつけられていない。

「そう。首と手首をギロチン台に挟んで、足首に鉄の重りがついた枷《かせ》で拘束すれば身動きができなくなるって寸法さ」

ギロチン台の脚元には重たい鉄球が頑丈な革の足枷にチェーンで繋がれており、奴隷広場に晒される惨めな囚人といった気分が味わえる。

「このホテルにある拘束台は、全部シチュエーションに合わせて特注したオリジナルなんだぜ」

特に大型の拘束台は存在感があるだけに、既製品を使用すると部屋のテーマから浮いてしまうのがネックで、世界にひとつの完全オリジナル製品を作らざるを得なかった。

結果、芸術的なクオリティーの高い物になり、ＳＭ愛好家を呼び込むためのセールスポイントにもなりそうだ。

「でも、この部屋の最大のウリはこの壁だ」

さらに修羅は得意げに拘束台の前にある鏡張りの壁を指した。

「鏡の壁？」

広い壁一面が鏡になっているのはゴージャスだし、部屋が広く見える効果もあるが、Mの羞恥を煽るために鏡を使って痴態を見せつけるのはスタンダードなプレイだと思う。

「実はマジックミラーになってる」

首を傾げる弥幸に、修羅はニヤリと笑ってただの鏡張りの壁ではない仕掛けを明かす。

「えっ？」

「フロントの隣にある階段を降りると、奴隷広場のギャラリーになれるんだ」

つまり、部屋の中からは鏡に映った自分たちの姿しか見えないが、壁の反対側にいるギャラリーからは室内でどんなプレイをしているのか丸見えなのだ。

「しかもギャラリーをモニターに映すこともできるんだぜ」

鏡張りの壁の向こうに誰がいるかわからないというスリルもいいが、実際にモニターに待合室を映してギャラリーの反応を窺うこともできる。

「なるほど、Mは衆人監視で調教される被虐感に酔い、客は待ち時間も退屈しないで済むってワケか」

「あぁ」

一石二鳥の設計は非常によく考えられていて弥幸は感心しきりだった。

「コッチのベッドルームは魔王の寝室ってイメージなんだ」

弥幸を手招きで呼び寄せた修羅は、奴隷広場の奥にある部屋に入っていく。

寝室の中央にあるキングサイズのベッドは、部屋の雰囲気に合わせて大きな岩を削って整形したように見えるが、実はほどよいスプリングの効いたマットが仕込まれているので寝心地も悪くない。

壁際には十字架の形をした磔柱があって、木製の棚には奴隷の調教に使う数種類の鞭《むち》や蝋《ろう》燭《そく》、男性器を象った張り形まで完備されていた。

「へぇ、牢もあるのか」

さらに寝室の壁の一画にゴツゴツした岩肌が剥き出しになった小さな洞穴《ほらあな》があって、鉄格子で仕切られた空間がまるで牢獄のような雰囲気を醸《かも》し出している。

「しかも壁のスイッチを押すとスモークが噴出して、めっちゃ妖しい雰囲気になるぜ」

修羅がそう言って鉄格子の横にあるスイッチを押すと、岩の中に隠して埋め込まれているスモークマシンから煙がプシューッと噴き出す。

牢獄の内部にあるスポット照明はスモークをより効果的に見せていた。

「スゴイな…」

内装だけでなくライティングや演出にも凝っているホテルは、日本で唯一といっても過言ではないだろう。

「そうだ！」

興味津々《しんしん》で牢の中を覗いている弥幸に修羅はハッと思い出して叫んだ。

「ん？」

「弥幸に誕生日プレゼントを用意してある」

大声に弥幸が振り返ると、修羅はイタズラっぽく笑って告げた。

「虎太郎っ」

部屋の入口付近には当然のごとく虎太郎と龍輔が待機していて、修羅に名前を呼ばれた虎太郎はすかさず側に寄ってくる。

「どうぞ」

虎太郎は手にしていた紙袋の中から、金色のリボンがかかっている黒い化粧箱を取り出す。

「開けてみろよ」

まずはいったん修羅が化粧箱を受け取って、改めて自分の手で弥幸に渡した。

「これは…」

修羅に促されて化粧箱のリボンを解いて上蓋を開けた弥幸は、赤い本革製の手枷と首輪にアイマスクまでセットになったSMグッズに目を見開く。

「このホテルの調教道具も手掛けてくれた革職人に頼んで作らせたんだ」

ホテルの備品とは比べ物にならない高級な皮革で製作された調教道具は、分厚い牛革が丁寧に鞣《なめ》されていて手触りも良くズッシリと重みがある。

「最高のプレゼントだよ」

「エへ」

目を輝かせた弥幸の誉め言葉に修羅は嬉しくてたまらなくなった。

「この部屋でもコスプレはできるんだろ？」

早く修羅を泣かせて可愛がってやりたくなった弥幸は興奮気味に尋ねた。

「うん。部屋の主である魔王はもちろん、勇者とか魔法使いとか、モンスターにも変身できるよ」

修羅はコクンと頷いて、コスプレにも力を入れていることをアピールする。

「じゃあ、さっそく着替えるか」

その気になった弥幸はニヤッと笑って促した。

「えっ？」

「なに驚いた顔してるんだ？」

思わず目をパチクリさせる修羅に弥幸は首を傾げる。

「着替えてどうすんの…？」

嫌な予感でいっぱいになった修羅はオソルオソル弥幸の目的を尋ねた。

「奴隷に堕《お》ちた勇者様を魔王が調教するに決まってるだろ」

弥幸は当然のごとく、部屋のテーマに沿ったシチュエーションでプレイするつもりだと告げる。

「なっ⁉」

コスプレまでしてヤル気満々の弥幸に修羅はギョッとなった。

「こんな調教道具までプレゼントしといて、自分が使われる覚悟はできてないとか言わないよな？」

むしろ弥幸からしてみれば、修羅が大袈裟に驚く意味がわからない。

「それは……」

言われてみればそのとおりなのだが、シノギの件で弥幸への愛を疑われかねない失態を犯した修羅は、なんとか弥幸に自分を好きになってもらおうと、まずは信頼を取り戻すために、弥幸を喜ばせることを第一に考えてＳＭに携わる仕事をはじめたのだ。

結果的に自分で自分の首を絞めることになるなんて、わかりきっていても考えないようにしていた。

「それとも、この道具で修羅以外の誰かを調教してもいいのか？」

「ダメだっ！」

ヒョイッと片方の眉を吊り上げて尋ねてくる弥幸に修羅はブンブンと首を左右に振る。

「わかったよ！　俺が相手になってやる！」

むしろ弥幸の変態を受け入れてこそ愛の証になるのだと思い込んでいる修羅は、開き直ったように宣言した。

「龍輔と虎太郎はどうする？　勇者の仲間のコスプレをして牢に入ってるか？」

さらに弥幸は修羅の舎弟たちにも役割を与えてやろうとする。

牢に入った仲間の見ている前で魔王に犯される勇者なんて、二次創作のエロ漫画に出てきそうな設定で興奮しそうだ。

「なんで俺たちがっ……！」

二人の関係を知っているとはいえ、修羅に気がある虎太郎は目の前で弥幸に調教されている姿なんて見たくない。

「俺たちは待合室で奴隷広場のギャラリーをしてます」

「そうか」

虎太郎に代わってシレッと答える龍輔に弥幸は小さく頷く。

「おまっ、龍ッ、なに調子こいてんだ!?」

目の前で修羅の痴態を見るのも嫌だけど、マジックミラー越しに覗き見をするのも抵抗がある虎太郎は、カァッと赤くなって龍輔を非難した。

「いいから、行くぞ」

本気でギャラリーなどするつもりはなく、部屋から出るための方便だった龍輔は、問答無用で虎太郎の腕を掴むと部屋から出ていった。

弥幸は修羅と二人きりになると、さっそく寝室に備えつけられているクローゼットを開けて、ハンガーに掛けられている衣装を物色しはじめる。

「本当にアニメかゲームから飛び出してきたみたいな衣装ばかりだな」

それぞれのキャラクターに男性用と女性用の衣装が用意されていて、しかもディスカウントショップに売っているような安っぽいコスプレ衣装とは違い、細部にまでこだわったクオリティーの高いデザインに弥幸は感心してしまう。

「弥幸が作ったゲームのキャラクターデザインを担当した漫画家に、デザインをお願いしたから…」

修羅はこの後の展開を考えて少々緊張気味に明かした。

「ってドラゴンファンタジー!?」

「そう」

ドラゴンファンタジーとは昨年発売されたオンラインRPGで、今なお世界中に熱狂的なユーザーがいる大ヒット作だ。

自身も弥幸が手がけるゲームの大ファンだという漫画家が、キャラクターデザインを担当したことでも話題になった。

その漫画家がたまたま神尾の店の常連客だったこともあって、まんまと知り合いになった修羅がホテルのコンセプトを話したところ、自らも利用することを前提にノリノリでデザイン画を描いてくれた。

「なるほど、さすがのクオリティーだ」

勇者の衣装を取り出した弥幸はオタク心をくすぐるデザインに目を細める。

この部屋でしか日の目を見ないなんて、惜しいというかかなり贅沢だと思う。

「マントと頭飾りだけつけてくれ」

さらに贅沢な衣装の使い方を思いついた弥幸は、修羅に勇者の装飾品として用意されているマントと頭飾りを手渡す。

「はい？」

「奴隷らしく裸で、首輪をつけてもらう」

ヒクッと頬を引きつらせる修羅に、弥幸は先ほど誕生日プレゼントとしてもらった首輪を手にすると不敵に笑った。

「あーうー」

修羅はなんだか墓穴を掘った気分になるが、弥幸の誕生日なんだしと自分を納得させて着替えはじめる。

弥幸もご機嫌で魔王の衣装を取り出すと、どこかパンクロックのテイストが入った黒いパンツに、前をはだけたベストと一体になった床につくほど長いマント、さらにはバッファローの角のようなカチューシャを身につけた。

モデルのような長身に天然で色素が薄い弥幸が衣装を着ると、派手な美形にますます磨きがかかった。

「スゲー変態っぽい…」

一方、全裸にマントと頭飾りだけの修羅は露出狂じみた格好に眉をひそめる。

「よく似合ってる」

弥幸は満足そうに言うと、修羅の首に頑丈な赤い首輪を嵌めてやった。

「全然嬉しくないっての」

首輪には一メートルほどの鎖のリードと革の持ち手がついており、修羅はまるで奴隷というか犬のような扱いを受けている気分になってしまう。

人としての尊厳を奪われた惨めな姿に、被虐的な欲望が頭を擡《もた》げた修羅は鼓動が早くなってくるのを感じた。恥ずかしい期待にペニスが反応しているのを弥幸に悟られたくなくても、裸マントでは前を隠すこともできない。

「さぁ、早く入れ」

弥幸はおもむろにリードを引っ張ると修羅を牢の中に押し込んだ。

「ちょっ！」

そのまま当然のごとく鍵をかけられて、一人牢に閉じ込められてしまった修羅はギョッと目を丸くする。

「牢に閉じ込められた気分はどうだ？」

両手で鉄格子を握りしめている修羅に弥幸は意地悪く声をかけた。

「別にぃ…」

改めて感想を聞かれると、自分を閉じ込めているのが弥幸なだけに、危機感があるわけでもなくリアクションに困ってしまうというのが本音だ。

「ソコから出るための方法はただひとつ。期待で膨らんだ股間のイチモツを、自ら慰めて吐き出して見せろ」

魔王の手に堕ちた勇者というイメージプレイに入り込めていない修羅に、弥幸は芝居掛かった口調で命じてやる。

「俺にオナニーショーしろってのか!?」

予想外の指示に強い抵抗を覚えた修羅は憤慨して叫んだ。

「察しがいいな」

「絶対ヤダ！」

せっかく弥幸の誕生日なのに、自分で自分を慰めるなんて修羅は納得できない。

「では、その気になるまで閉じ込めておいてやろう」

拒絶反応を示す修羅に弥幸はあっさり言うと、鉄格子の前から離れて悠然《ゆうぜん》とベッドに横たわった。

「マジで言ってンのっ？」

そのまま放置プレイがはじまってしまいそうで、慌てた修羅はベッドに寝転んでコチラを見ている弥幸に問いかけた。

「朝まで時間はたっぷりあるからな」

弥幸は平然と言いつつも、修羅の性格的に朝までなんて我慢できるはずないと見抜いている。

「うー」

不満そうな唸り声をあげた修羅は、それ以前にひとつの問題があることに気づいてしまった。

「あのさ、トイレ行きたいんだけど…」

まだどうしても我慢できないほどではないが、自由に行けないと思うと不安で、逆に尿意が込み上げてくるような気がした。

「まさか牢の中で漏らすつもりか？」

修羅が本気で言っているのか、それとも牢から出たい一心での方便なのか、図りかねた弥幸は命令に従わない限り出してやらないという意図を含めて脅す。

「なんでそうなるんだよ！」

お漏らしなんて冗談じゃない修羅はカァッと赤くなって抗議した。

「牢から出てトイレに行くには、どうすればいいかわかってるよな？」

ムキになる修羅に少なくとも尿意があるのだと察して、弥幸はクスッと笑いながら自慰を促す。

「やればいいんだろっ！」

最悪の事態だけは避けたいと思った修羅は、ヤケになって自らの分身を握りしめる。

「えっと…」

なるべく弥幸の視線を意識しないように、下を向いた修羅は指をスライドさせて亀頭を刺激した。

普段、立ったまま自慰をすることがないのでヤリにくいが、わざわざ座ったり寝転がったりするのもヤル気満々みたいで恥ずかしい。

「んっ」

「ふーん、先っぽから責めるんだな」

勃ちをよくするように先端を集中的に弄っていると、いつの間にかベッドから下りて鉄格子の前に移動してきた弥幸の声が耳に入る。

「見…るなってぇ…」

弥幸の視線を意識した途端に、修羅の分身はグンッと大きくなって先端から透明な蜜をポタポタと垂らす。

そのうち尿意より快感のほうが大きくなって下半身に熱が集中してきた。

「ハァッ…あっ…」

鉄格子を隔てて視姦されているだけなのに、弥幸に弄ってもらっているのと同じくらい敏感になった修羅は、羞恥で頭をクラクラさせながら夢中になって手淫を続ける。

「自分で後ろは弄らないのか？」

仁王《におう》立《だ》ちでリズミカルにペニスを擦る修羅に弥幸はふと疑問を投げかけた。

「するっワケねーだろっ…」

そもそも自分のほうがダンナだと思っている修羅は、ヨメに尻を犯されて感じてしまうコトを屈辱的だと思っているし、できれば弥幸に突っ込んでやりたいというのが本音だ。

弥幸と暮らしはじめてからは毎晩搾り取られているのでオナニー自体してないが、片想いだった頃は弥幸を手籠《てご》めにする妄想が修羅のオカズだった。

「ふっ…ンッ…」

このままでは自分で後ろを弄るように命令されかねないと焦った修羅は、とっとと射精してしまおうと激しく肉棒を扱きだす。

「なんでもいいから早くイッて終わりにしようという魂胆が透けて見えるぞ」

修羅の意図に気づいて弥幸は不満そうに突っ込む。

「ワリィッ…かよぉ！」

なかなか絶頂感が込み上げてこない修羅は涙目で弥幸を睨んだ。

「俺を楽しませてくれないと意味がない」

強気な口調とは裏腹に、モジモジと内股になって手淫を続ける修羅が惨めで、もっと追い込んでやりたくなった弥幸は肩を竦めて言い放った。

「勝手なこと言うなぁあっ」

羞恥を堪えながらオナニーを見せてやっているのに、弥幸が楽しんでくれてないなんてショックが大きすぎる。

「手伝ってやろうか？」

今にも泣きだしそうに肩を震わせる修羅に弥幸はフッと笑って持ちかけた。

「ふぇっ？」

予想外の申し出に、驚いた修羅はペニスを握りしめたまま目をパチクリさせる。

「鉄格子の間から性器を差し出すんだ」

弥幸は十センチほどの等間隔で並んだ鉄の棒の隙間を指して促す。

「こ、こお？」

物欲しげに揺れるペニスを差し出すためには、冷たい鉄格子に下腹部を密着させなければならなくて、その間抜けな体勢に修羅は頬を赤らめながら弥幸を見上げた。

「勇者ともあろう者が急所を魔王の手に委《ゆだ》ねるとは、迂闊《うかつ》だな」

修羅のペニスをガシッと掴んだ弥幸は芝居掛かった口調で言う。

「あぅンッ！」

そのまま強めに先端の括れた部分をグリグリ刺激されて、腰が砕けそうになるほどの快感に襲われた修羅は両手で鉄格子を握りしめる。

「そ…なっ、激し…ッ！」

ひっきりなしに溢れ出す先走りの液体を塗りつけて、グチュグチュと下品な音を立てて竿を扱きながら、左手で二つのタマを転がすように睾丸を弄ばれると、ペニスがヒクヒク痙攣をはじめて一気に絶頂感が込み上げてきた。

「やぁっも…イクッ！」

今にも爆発しそうな分身を牢の外にいる弥幸に握られたまま、修羅は背を弓なりに反らせて限界を訴える。

「まだ出すなよ」

弥幸はますます追い込むように激しくペニスを擦りつつも修羅に我慢を強いた。

「無理ぃッ！」

あまりの快感に膝が崩れ落ちそうになった修羅は泣きそうな声で叫んだ。

弥幸と盃を交わした初夜からずっと、弥幸の手や口で奉仕してもらって気持ちよくなって、

射精を我慢するように言いつけられてもできなくて、色んなお仕置きで泣かされてしまうというのがパターンになっている。

「勝手にイッたらギロチンだぞ」

相変わらず堪え性のない修羅に弥幸は厳しい口調でペナルティを科す。

「なっ!?　ひっ…あぁあッ！」

理不尽だと思いつつも我慢なんてできっこない修羅は、カリの部分に指を引っかけるように亀頭を捏《こ》ねられて腰をビクンッと跳ねさせた。

「うぁーッ！」

容赦のない手淫に修羅はひとたまりもなくイッてしまう。

「はぁ…はぁ…」

射精を終えた修羅はヘナヘナとその場に座り込んでしまった。

「やれやれ、堪え性のない勇者様だ」

弥幸はワザと呆れたように言い放つと、手のひらにベッタリと付着した精液を修羅に見せつけるように舐めた。

「だって…」

絶頂の余韻に浸っていた修羅は、青臭い体液を美味しそうに啜る弥幸に居たたまれない気分になる。

「さぁ、お仕置きの時間だ」

牢の鍵を開けた弥幸は残忍な笑顔で告げると、おもむろに修羅の首輪に繋がっているリードをグイッと引っ張った。

「ちょっ！　イテーだろっ！」

強く引かれたせいで、首輪が首に食い込んだ修羅は慌てて立ち上がる。

「言いつけを破って射精したからには、ギロチン台に拘束されても文句は言えないよな」

抗議の声をあげる修羅を牢から引き摺り出した弥幸は、問答無用で魔王の寝室から奴隷広場のほうへ連行していく。

「わかったから、先にトイレ行かせてくれっ」

こうなったらお仕置きは免《まぬが》れないだろうけど、ペニスが萎えた途端に尿意が復活した修羅は焦って懇願した。

「お仕置きが先だ」

修羅の訴えに弥幸は聞く耳を持たず、奴隷広場の中央にあるギロチン台まで引き摺ってくる。

「ダーッ！」

抵抗虚しく前屈みにさせられて、首と両手首を二枚の板で上下から挟んで固定されると、修羅は腰をくの字に曲げたような体勢で身動きができなくなってしまう。

さらに弥幸は修羅の両足首を鉄球が繋がれている枷で拘束してやった。

「チクショウ！　放せぇッ！」

正面にある鏡の壁に拘束された惨めな自分の姿が映っているのに気づいて、修羅は闇雲に暴れるが、どう足掻いても頑丈な木枠から首は抜けそうにない。

「そんなに暴れても、尻を振って誘ってるようにしか見えないぞ」

クスッと笑った弥幸は修羅の顔を覗き込んで無駄な抵抗だと教えてやる。

本人はギロチン台から抜け出そうとしているつもりでも、実際は腰が上下左右に揺れているだけというのが滑稽《こっけい》だ。

「弥幸の変態ッ！」

精一杯強気な目で弥幸を睨んだ修羅は雑言《ぞうごん》を吐く。

「このホテルを造ったのは修羅だろ？」

「うっ…」

肩を竦めた弥幸に指摘されて修羅は思わず言葉に詰まる。

たしかにホテルのオーナーは修羅だが、オリジナリティーのある拘束台のほとんどは神尾のアイデアだし、自分がいの一番に使われることになるなんて想定外だった。

「マジックミラーの向こうには、龍輔と虎太郎がいるかもしれないな」

修羅の顎を掴んで正面を向かせた弥幸は、マジックミラーを隔てた奥にある待合室を意識させる。

「そ…なぁ……」

もちろんコチラ側からは二人の姿は見えないし、龍輔はこの部屋を出るための口実でギャラリーになると言っただけだと思うが、姿が確認できないだけに本当はいるのかいないのかわからなくて、実は自分の痴態を見られているのではと疑ってしまう。

「なんだ、二人に見られてるかもって思うだけで勃起するのか」

舎弟たちに視姦されているという妄想に股間を熱くする修羅に、弥幸は咎めるような口調で指摘した。

「違うッ！　これは、鏡に自分が映ってるから…」

ハッとなった修羅は慌てて別の要因を挙げるが、裸マントでギロチン台に拘束されている自分の姿をマジマジと見たら見たで、さらにペニスはギンギンに勃起する始末だ。

「自分の恥ずかしい姿を見て興奮するなんてマゾだな」

被虐感で瞳をトロンとさせる修羅の耳元で弥幸は意地悪く囁いてやる。

「あうぅ…」

否定しようにも剥き出しになった分身が歓喜の蜜を垂らしているからたまらない。

「てか俺をこんな身体にしたのは弥幸じゃんっ」

仕方なく修羅は膨れっ面で責任転嫁をした。

「だから責任持って泣かせてやるよ」

修羅が自分好みのマゾに育っていることに満足そうに頷いた弥幸は、修羅の背後に回ってマントを捲《めく》ると引き締まった小さな尻をムニッと掴んだ。

「やぁ…」

そのまま尻を打たれるのかと思ったら、サワサワとくすぐるみたいに双丘を撫でられて、腰がゾクゾクした修羅はイヤイヤをするように小さく首を振る。

お誂《あつら》え向きに尻を突き出した体勢は、尻を鞭で打ち据えるのにも、バックで強引に犯してやるのにも都合がいい。

「拷問なら鞭で打ってやってもいいけど、快楽責めにするほうが面白いか」

緊張で大臀筋《だいでんきん》をキュッと引き締める修羅を嘲笑うかのように、弥幸は両手の親指で尻の割れ目をグッと開いて小さな蕾を晒す。

「なにすっ…ひぁあっ！」

動揺した修羅は後ろを振り返ろうとするが、首を挟んでいる板が邪魔になってもがいていると、弥幸の舌がクレバスに沿ってツゥッと這っていった。

「あぅンッ…」

さらに入口を解すように尖らせた舌を浅い部分で抽挿されて修羅は身悶えた。

「柔らかいのにキュウキュウ締めてくる…」

物欲しげにヒクつく括約筋の伸縮を楽しむように、弥幸は何度も舌を出し入れしたり、皺の一本一本をなぞるように舐め回してやったりしてやる。

「だっ！　ヤバッ！」

濡れそぼった後孔に指を一本ズーッと奥まで挿入されて、膀胱《ぼうこう》のほうまで刺激が伝った修羅は激しい尿意に襲われてビクッとなった。

「マジで漏れそうだって！」

実際は勃起によって尿の出口は塞がれているのだが、修羅はどんどんオシッコがしたくてたまらなくなってしまう。

「仕方ないな…」

切羽詰まったような声を出す修羅の中から指を引き抜いた弥幸は、部屋に備えつけの調教道具が並んでいる棚を物色しに行く。

部屋の雰囲気に合わせて大人のオモチャも陶器の張り形や籐《とう》の鞭が用意されている。

その中に伸縮の利かない木製のペニスリングを発見して、ついでに張り形も手にした弥幸は修羅の待つギロチン台に戻った。

「うぇっ？」

戻ってくるなり修羅の身体の下に潜り込んだ弥幸は、木製のリングを修羅のペニスの根元に回してネジでギリギリと締めつけた。

「ななにしたんだっ？」

ペニスから血管が浮き上がるほどの締めつけに修羅はギョッとなる。

「リングで根元を締めてやったから、出したくても出せないはずだぞ」

勃起の持続にも効果があるペニスリングは、早漏防止にも使えるが、強制的に排尿を禁止することもできた。

「ウソだろっ!?」

たしかに漏らす心配はなくなったのかもしれないが、尿意が消えたわけではない修羅は無体な仕打ちに愕然となった。

「力を抜いてろよ」

再び修羅の背後に移動した弥幸は、張り形の先端を無防備な後孔に宛がう。

「いっ…あぁあーッ！」

ヒンヤリとした異物が体内にズブッと侵入してきて、内側から膀胱を刺激された修羅は悲鳴のような声をあげた。

弥幸の指や肉棒とは違う無機質でツルンとした感触は、目には見えなくても大人のオモチャだとわかる。

「バッ！　動かす…なぁンッ！」

弥幸は張り形を修羅の体内に馴染ませるようにゆっくり抽挿させるが、まるで波紋が広がるように尿意とも快感ともつかない刺激が股間を伝って、痛いくらい勃起したペニスが解放を求めてジンジン疼く。

「俺のより小さいし、痛くないだろ」

「そういう問題じゃねーっ！」

ノンキな弥幸に修羅は涙目で文句を言った。

「やぁっ…膀胱がぁっ…！」

奥を突かれるたびにカリ高な張り形で前立腺を擦られる快感と、膀胱が破裂するような錯覚に襲われて、修羅は膝をガクガクさせながら強すぎる刺激を堪えた。

射精もしたいけど、思いっきり放尿できたらどれだけ気持ちいいかと思う。

「もっと強い刺激を与えたらどうなる？」

過剰な反応にもっと修羅を追い込んでやりたくなった弥幸は、張り形の持ち手部分に仕込まれているバイブのスイッチを入れる。

「うわあぁあぁッ！」

張り形の中に埋め込まれたモーターが唸りをあげて振動すると、尿意と絶頂感がミックスした快感が下半身に渦巻いて、ペニスリングのせいでイキたくてもイケない修羅は気が狂いそうになった。

「だぁあっ！　もっ…抜けよぉッ！」

首と手足を固定されて暴れることもできない修羅は、腰をガクガク痙攣させて必死に懇願する。

「俺のモノに奉仕して、イカせることができたら抜いてやろう」

鏡越しに修羅と視線を合わせた弥幸はニヤリと笑って交換条件を出す。

「やるっ！　弥幸の舐めるからぁッ！」

修羅は躊躇うことなく口での奉仕を申し出た。

「仮にも修羅は勇者なんだし、魔王の性器なんか舐めてたまるかって気高く抵抗してくれないと…」

素直な修羅に弥幸は唇を尖らせて不服そうにダメ出しをする。

「ンな余裕あるかっ！」

もはやそんな設定など忘れきっていた修羅はキーッとなって叫ぶ。

「じゃあ、魔王様の太くて逞しいチンポを舐めさせてくださいって、上目遣いでオネダリしてもらおうか」

仕方なく別のパターンで修羅に芝居をさせることにした弥幸は、ギロチン台に拘束されている修羅の正面に立って促した。

「うっ…」

勇者になりきってない修羅にとって弥幸は弥幸でしかないが、恥ずかしいオネダリの言葉も芝居だと思うほうが抵抗がないような気もする。

「ま…魔王様の…、太くて逞しい…チンチンを、舐めさせてください…」

首を動かすことができないので、精一杯の上目遣いで弥幸を見上げた修羅は、シドロモドロになりながらも弥幸が望む言葉を口にした。

「可愛いヤツめ」

フッと目を細めて笑った弥幸は、魔王の衣装のズボンの前をはだけると、すでに固く反り返っているペニスを修羅の顔の前に差し出す。

「あ…」

濃い雄の匂いにクラクラした修羅は無意識に口を開けるが、弥幸の分身は舌を伸ばしてもギリギリ届かない位置にある。

「焦らすなってぇ…」

自分では弥幸に近づくこともできない修羅はもどかしそうに鼻をスンスンと鳴らした。

「そんなに俺のチンポが好きか？」

普段の修羅からは想像もつかない媚びた眼差しに、ゾクゾクするほどの征服欲を覚えた弥幸は、ペニスで修羅の顔面をピタピタと叩いてやった。

「好きに決まってんだろっ」

弥幸の全部が好きでたまらない修羅は屈辱的な行為にも胸をときめかせて言い切る。

「んっ…」

弥幸が先端を唇に宛がってやると、修羅は舌を出して先走りの液体を舐め取るようにチロチロと動かす。

さらに裏筋の部分をなぞって舌を這わせると弥幸のペニスがビクンッと揺れた。

「ココ気持ちい…？」

「あぁ」

反応を確かめるように視線を寄こす修羅に弥幸はコクンと頷いてやる。

「あむぅ…」

気をよくした修羅は大きく口を開けて弥幸の先端を銜えるが、ギロチン台に首を固定されているせいで、自分で頭を前後に動かして弥幸の分身を口内で扱くことはできない。

「んうっ…ふっ…」

それでもなんとか弥幸に感じてもらおうと、修羅は唇と前歯でカリの部分を擦るようにしながら、舌を小刻みに動かして先端の窪みを刺激した。

「もっと喉の奥まで銜えさせてやる」

すると弥幸は修羅の頭を両手で掴んでペニスを根元まで銜えさせようとする。

「んぐぅッ!?」

いきなり喉の奥を突かれて修羅は嘔吐《えず》きそうになった。

「んーッ！　ふっ…ぐぅッ！」

そのまま容赦なく腰を律動させて口内を犯す弥幸に、修羅は涙目になりながらもなんとか舌と上顎で弥幸の分身を扱く。

「うぐっンッ！」

ギロチン台に拘束されて自由に動くこともできない修羅の口は、弥幸のペニスを突っ込んで気持ちよくなってもらうための穴でしかない。

「泣くほど苦しいか？」

目にいっぱい涙を溜めながらも、決してペニスを吐き出そうとしない修羅に弥幸はウットリと問いかけた。

「ふうっ…うー…ッ」

苦しいけれど弥幸にもっと感じてもらいたくて、修羅は大丈夫だとアピールするように喉を開いて奉仕を続ける。

下半身を張り形とペニスリングで苛まれながら喉の奥を犯されると、脳内麻薬が分泌されて苦痛も快楽に変わっていく。

「んっ、もっと舌を小刻みに動かして、頬をへコませるんだ」

少し上擦った声で指示を出す弥幸に修羅は恍惚《こうこつ》と従った。

「んぐぅっ…ンッ！」

口内を抽挿する弥幸の分身にチュウッと吸いつくようにすると、修羅のペニスまでジンジン疼いて脳みそが蕩けそうになる。

「いいか、全部飲むんだぞ…」

絶頂感が込み上げてきた弥幸は小刻みに腰を律動させつつ命じた。

「うぅッ！　ふぐっ！　くぅンッ！」

修羅はヂュポヂュポと音を立てて弥幸のペニスを喉の奥で扱きながら、舌を左右に振って裏筋を刺激し続ける。

「イクぞッ！」

限界に達した弥幸は切羽詰まった声で告げると、修羅の口内に熱い飛沫を注ぎ込んだ。

「んぶぅ…ッ！」

勢いよく喉の奥に叩きつけられた精液に修羅は咽せ返りそうになってしまう。

「ンッ…んぐっ…」

それでも弥幸のペニスを吐き出そうとしなかった修羅は、ゴクゴクと喉を鳴らしてドロドロに濃い体液を飲み込んでいく。

「ふぅ…」

放出を終えた弥幸は萎えた自身を修羅の口内から引き抜いた。

「ぜ…んぶ、飲んだ…」

修羅は口を開いて弥幸を見上げると、きちんと言いつけを守ったことを証明する。

「ご褒美だ」

健気な修羅が愛おしくて、甘い感情が込み上げてきた弥幸は、ギロチン台に固定されている両手を握って唇を寄せた。

「んっ…」

優しく啄むようなキスに修羅はウットリと目を閉じる。

「ふぁっ…んぅ…」

フェラチオで酷使した舌を愛撫するように甘く吸われると全身から力が抜けて、修羅のペニスの先端から黄金色の液体がチョロチョロと漏れだした。

「ふにゃあ」

「オイ、漏れてるぞ」

ご褒美のキスに夢中になるあまり、まるで犬のウレションみたいに失禁してしまう修羅に、足に温かい液体をかけられた弥幸は冷静に突っ込んだ。

「ふぇ？」

とはいっても長らく我慢させられている上に、ペニスリングで根元を締めつけられているので、放出に勢いはなく修羅自身もお漏らしをしている自覚はない。

「うわぁっ！」

床に滴る水音に気づいた修羅は、思いもよらない事態に完全にパニックに陥ってしまう。

「なんでぇっ？」

我慢しすぎたせいで排尿感が麻痺してしまったのか、自分の意志で止めようと思っても一度流れ出した小水は簡単に止まってくれない。

「オープン前のホテルにオーナー自ら粗相《そそう》をするとはな」

足下に広がっていく液体を眺めながら弥幸はわざとらしく修羅を追い込んでいく。

「弥幸のせいだぁ…」

ようやく放尿は止まったものの、まるで幼児のような失態に修羅は涙目で弥幸に責任をなすりつける。

「お漏らしを他人のせいにするなんて、まだまだお仕置きが足らないってコトか」

「うぇっ!?」

肩を竦めて恐ろしいことを言いだす弥幸に修羅はギョッとなった。

どう考えたって弥幸がトイレに行かせてくれなかったのが悪いのに、お仕置きされるなんて理不尽すぎだ。

「せっかくだし、他の部屋に移動しよう」

張り切って提案する弥幸は、単に他の部屋でもプレイしたいだけとしか思えない。

「その前に風呂で身体を洗ってやる」

弥幸はそう言って色んな体液にまみれている修羅をバスルームに連行した。

お風呂も魔王の隠し砦をイメージした神秘的な造りで、まさにＳＭのテーマパークに偽りなしだと感心させられる。

結局修羅はホテルのオープンの日までに、全ての部屋を弥幸と体験して、それぞれに趣向を凝らした責め具を身をもって体験する羽目になったのだった。


ＳＭアミューズメントホテルのオープンを皮切りに、修羅はＳＭクラブやＳＭショーパブなどの風俗店を次々と開業していった。

修羅の自由な発想と、長年の経験に裏打ちされた神尾のプロデュースで、これまでにないＳＭのテーマパークが完成し、神尾の店の常連客だった変態紳士たちはもちろん、インターネットなどの口コミで全国のマニアたちが集まって、どの店も連日予想以上の賑わいを見せていた。

神尾の後継者として、六本木の老舗と池袋の新店のオーナーとなった修羅は、神尾を通じて財界や政界の大御所や、大学教授などの肩書きを持つ変態紳士と交流を持つようになる。

彼らの性癖を目の当たりにして気づいたのは、頭脳明晰で知能指数が高い変態ほど過激なプレイに嵌まる傾向があるということだ。

それはまさに、子孫繁栄のための性行為でしか快楽を得ることがない動物と、高度な文明を持ち子作りを目的としない性行為を楽しむことができる人間の違いを、如実に表しているような気がした。

そう考えると弥幸にサディスティックな性癖があるのも納得できる。

ただし修羅にとってSMは愛情表現で、相手が弥幸だからこそ調教されても感じてしまうのであって、自分は虐げられることそのものが快感のマゾではないとも思う。

つまり修羅が好きなのはSMではなく弥幸なのだ。

では弥幸はどうなのか。弥幸が好きなのは自分ではなくSMなのではないかと、修羅はどこかで不安を拭い去れないでいた。

「修羅さん、ちょっといいですか？」

昼間はきちんと大学で講義を受けている修羅の元へ、こっそり教室に忍び込んできた龍輔が声をひそめて話しかける。

「こんなところまで来て、どうしたんだ？」

龍輔は修羅と同じ大学の法学部四年生で、本人は修羅の入学に備えて経済学部を受験し直す気だったのだが、その類い希なる頭脳を見込んだ武人から、そのまま法科大学院に進んで司法試験を受けて、いずれは的場組の顧問弁護士を務めるように指示されていた。

当然学年も学部も違う修羅とは一緒に授業を受けることもない。

また、部外者の虎太郎は大学の構内をウロチョロすることもできず、修羅が授業を受けている間は神尾と行動を共にして風俗業のノウハウを学んでいる。

それでも修羅に万一のことがあった場合に備えて、鎌倉組の構成員が交代で二名ずつ大学の近くに車で待機するようにしていた。

「六本木の店舗が荒らされているそうです」

修羅と一緒に教室から抜け出した龍輔は、あたりに人がいないことを確認して報告する。

「出入りか？」

「はい」

途端に鋭い瞳で問い詰めてくる修羅に龍輔は緊張感を持って頷く。

「で、相手はどこのモンだ？」

関東最大の広域指定暴力団的場組の跡目で、鎌倉組の組長として勢力を拡大している修羅の店を襲撃するなんて、よほどの命知らずか無知な連中だとしか思えない。

「おそらく、あの辺一帯の風俗店で幅を利かせている松浦《まつうら》組の連中かと…」

近頃では珍しく気性の荒い構成員ばかりの松浦組は、主にキャバクラやパチンコ店、ゲームセンターなどを牛耳って縄張りを広げていた。

ヤクザのいう縄張り、シマとは、不動産的に所有しているという意味ではなく、むしろ正当な権限がないにも関わらず、その一帯にある店舗を勝手に配下に置いて営業権を与え、みかじめ料を不当に徴収することを指している。

例えば修羅は池袋の広範囲を自分のシマにしているが、ビルやテナント単位で他の組織のシマも点在していた。

六本木の店舗は元オーナーの神尾が武人と旧知の仲ということもあり、的場組のシマではないが他の組が手出しをできない状態にあった。

そこへ武人の息子の修羅が神尾の後継者としてオーナーに就き、鎌倉組のシマにしたことを不満に思っている輩は少なくないはずだ。

「松浦組？　聞いたことねーぞ？」

ある程度名の知れた大きな組の仕業だと思っていた修羅は、はじめて聞く名前に拍子抜けして首を傾げる。

「たしか久住《くずみ》会系の枝《えだ》だったと思います」

久住会は都内に拠点を置く指定暴力団の中で一番構成員が少なく、武人が五代目を襲名してからは縄張り争いにことごとく敗れ、弱体の一途を辿っている組織だった。

「久住会の枝ごときが抗争しかけてくるとは、いい度胸だな」

敵対する組織とはいえ、母体の数が違うだけに修羅は小馬鹿にしたように笑う。

「どうします？」

修羅が出るまでもないと思いつつ龍輔は判断を仰ぐ。

「行くに決まってンだろ」

ここのところ表の仕事の風俗業と大学生活にかかり切りで、争い事に飢えていた修羅は張り切って答える。

「では車を回します」

龍輔はコクンと頷くと携帯電話を取り出して、大学の近くで待機している鎌倉組の構成員に連絡をつけた。


ボディーガードとして待機していた子分の車に乗った修羅は、大きな商業ビルや大使館などが点在するエリアに店舗を構える『Full MooN』に駆けつけた。

あたりにはまだ騒ぎを聞きつけた警察が来ている様子もない。

「修羅さん、コレをどうぞ」

「オウ」

車から降りた修羅に龍輔はトランクの中に忍ばせてあった拳銃と日本刀を手渡す。

「ヤケに静かだな…」

日本刀を左手に持って拳銃を懐にしまった修羅は、事務所の入口のガラスすら割られていないことに怪訝そうな顔をする。

「池袋から若衆《わかしゅ》が来るまで待ちますか？」

相手の人数がわからないだけに、龍輔も援軍を待つほうが得策だと考えた。

青山のキャンパスから六本木の店舗にはものの数分で着いたが、修羅の子分のほとんどが組事務所兼オフィスのある池袋にいて、到着までにはまだ時間がかかると思われる。

「いや、神尾の爺さんが心配だ」

いくら虎太郎がついているとはいえ、六本木の店舗には元から神尾の店で働いている堅気の従業員と、守番《もりばん》の構成員が三人ほどいるだけだ。

「案外、虎太郎が一人で返り討ちにしてるかもしれませんよ」

肩を竦めた龍輔が楽観的なことを口にした瞬間、ダーンッという重い発砲音があたりに響いた。

「銃声ッ!?」

最悪の事態が脳裏をよぎった一同は緊張感を募らせる。

「急ぐぞっ！」

「はい！」

危険を顧《かえり》みず先頭に立って店内に入っていく修羅に、龍輔と二人の構成員も急いでついていく。

「なんということをするんじゃ！」

焦臭《きなくさ》い現場には、いかにも暴力団を絵に描いたようなガラの悪い男が十名ほどで、声を荒げて激高している神尾を取り囲んでいた。

また男たちは二〜三十代と比較的若く、松浦組が新興組織であることが見て取れる。

「爺さん、無事だったのか！」

事務所のドアを開けて神尾の無事を確認した修羅はホッとしたように叫ぶ。

「ワシは無事だが、ワシを庇った虎太郎が…」

神尾は声を震わせて床に倒れている虎太郎を指した。

「虎太郎ッ！」

そこではじめてソファの陰に血まみれの虎太郎が倒れていることに気づいて、修羅は無防備に駆け寄っていく。

龍輔は虎太郎を撃った男を警戒するように、自らも銃を構えながら修羅の後を追う。

「うぅ…」

うっすらと目を開けた虎太郎は、腹部を撃たれて血を流しているもののまだ意識はあった。

とはいえ早く止血しなければ命に危険があることは明白だ。

「テメェら、ゼッテー許さねぇぞ…」

大切な舎弟を傷つけられて頭にカァッと血が上った修羅は男たちにメンチを切る。

「なんだ、このガキ」

唐突に乱入してきた修羅に男たちは怪訝な顔をした。

なにしろ修羅はとてもヤクザには見えない、小柄で可愛らしい風貌をしている。

「俺は的場組直系鎌倉組、組長の藤城修羅だ」

修羅は男たちを睨みつけたまま己の正体を明かした。

「このチビが的場組の跡目だってのか？」

「冗談だろぉ？」

的場組の跡目として修羅の噂は聞き及んでいても、そのイメージが目の前にいる幼い少年と一致しない。

「冗談かどうか、思い知らせてやる」

ザワつく男たちに修羅は低い声で宣告すると、虎太郎を撃ったと思われる拳銃を手にしている男に突進する。

「ぐわぁあっ！」

目にも止まらぬスピードで抜刀した修羅は男の脇腹に切っ先を突き刺した。

殺してしまわないようにあえて急所を外してやったが、刃物で腹を貫かれた男は白目を剥いて倒れてしまう。

「ひっ…うわぁっ！」

躊躇いなく日本刀で斬りつける修羅に怯んだ男たちはジリジリと後ずさりする。

「そこまでだ」

修羅が男の腹から抜いた日本刀を構え直すと、松浦組の親分と思われる白いスーツにリーゼントの男が、神尾の額に拳銃を突きつけて修羅を制止した。

「このジジイの命が惜しければ、武器を捨てろ」

松浦は威圧的な口調で修羅を脅す。

「クッ…」

神尾を人質に取られた修羅は己の迂闊さを悔いる。

相手の人数が思ったより少なかったことで、自分一人でも殲滅《せんめつ》できると思ったのが間違いだった。

「ワシにかまうなっ」

唇を噛みしめる修羅に神尾は悲痛な声で叫ぶ。

「…わかったよ」

堅気の神尾を犠牲にするわけにいかない修羅は、日本刀を放り投げると懐から拳銃を取り出して床に落とす。

「修羅さん！」

丸腰になる修羅に後方で拳銃を構えて臨戦態勢だった龍輔は危機感を募らせる。

「ソッチの銀髪も、お前らもだ」

さらに松浦は龍輔や他の子分たちにも武器を捨てるように促した。

「渡せ」

躊躇する龍輔に修羅は短く命じる。

「はい…」

親分の修羅には絶対服従を誓っている龍輔は、覚悟を決めたように拳銃を床に投げ捨てた。

龍輔に倣《なら》って二人の子分も手にしていた拳銃や短刀を手放す。

「他に武器を持ってないか、ボディーチェックしろ」

用心深い松浦は子分たちを顎でしゃくって確認させようとする。

「それより、身ぐるみ剥いだほうが確実じゃないッスか？」

先ほどまで修羅に恐れをなしていたのが嘘のように、ニヤニヤと笑った子分の一人が下卑た提案をした。

「それもそうだな」

「なっ!?　ふざけるなっ！」

面白そうに頷く松浦に龍輔は苛立ちを露わにする。

「十数える間に脱がないと、このジジイの命はない」

相手がムキになればなるほどプライドをズタズタにしてやりたくなった松浦は、神尾の命を盾にとってストリップを強制した。

「いーち…」

もったいぶってカウントをはじめる松浦に修羅は小さく舌打ちをする。

通常であれば相手が降伏したと見なせば、鎌倉組の本丸である的場組の総本部に手打ちの話を持っていくはずなのに、ヤクザの仕来りを知らない新興組織は質が悪い。

「にい…さーん…」

とりあえずここは松浦に従って、池袋から援軍が到着するのを待ったほうが得策だと判断した修羅は、無言でベストを床に落とすとTシャツを脱ぎ捨てた。

「物分かりがよくて助かるぜ」

さらに潔くジーンズと下着を一緒くたに足元まで下ろす修羅に松浦はフッと笑った。

修羅だけ脱がせるワケにいかない龍輔たちも渋々と衣服を脱ぎだす。

「お前らの目的はなんだ？」

素っ裸に弥幸からもらった指輪だけという無防備な姿になっても、修羅は決して気後れすることなく松浦に問いかける。

「人様のシマで勝手しといて、随分な言いようだな」

周辺の風俗店で幅を利かせている松浦は、以前から神尾にも自分の組の傘下に入るように話を持ちかけていた。しかし神尾は決して首を縦には振らず、業を煮やしていたところに、突然的場組の跡目がオーナーに取って代わるなんて許し難い屈辱だった。

「言っておくが、ワシの店はお主たちがこの街を荒らす前から営業しとるぞ！」

そもそも筋違いな要求だと思っている神尾は怒りを露わにして主張する。

「そのワシが修羅を後継者に指名したのだから、貴様らに文句を言われる筋合いなどない！」

「黙れクソジジイ」

神尾の正論にカッとなった松浦は、拳銃のグリップで神尾の額をガッと打ち据えた。

「ぐっ！」

頭蓋骨に激痛が走った神尾は一瞬意識が朦朧《もうろう》となる。

「爺さんっ！」

思わず大きな声を出す修羅に神尾は大丈夫だというように小さく手を挙げた。

「堅気に手ぇ出すなんざ、極道の風上にも置けない外道の下だな」

フツフツと怒りが込み上げてきた修羅は、蔑んだ目で松浦を睨みつけながらその行いを非難する。

「素っ裸でカッコつけてんじゃねーぞ」

松浦はまるで自分の立場がわかってない修羅を嘲笑う。

「そういや、コイツの兄貴ってオカマになったんスよね」

修羅の少年っぽさを残した裸体にムラッときた男が、ふと思い出したように聖人の話題を持ち出した。

「あの七光で的場組の若頭やってたボンクラか」

聖人の噂は東京に拠点を置くヤクザの間では語り種《ぐさ》になっている。

跡目争いに破れた聖人が、ある日突然オカマになってしまったというショッキングなニュースは、的場組系ではない組織にも噂の的だった。

「どうせならコイツのチンポも切って、オカマにしてやりましょうよ」

ニヤリと笑った男は冗談とも本気ともつかない口調で松浦に提案した。

「兄弟揃ってオカマか？」

「そりゃいい、跡目がいなくなったら的場組も終わりだな」

松浦組の男たちは口々に修羅をバカにするように囃《はや》し立てる。

「それでお前らの気が済むのなら、チンコの一本や二本くれてやる」

男たちの挑発に動じることなく修羅は交渉に乗り出す。

「その代わり、爺さんと龍輔たちを解放して、虎太郎を病院に連れてってくれ」

「修羅さんっ!?」

たった一人でこの場に残ろうとする修羅に龍輔はギョッと目を見開いた。

極道の世界では子分が身を挺して親分を守ることはあっても、その逆はあり得ない。

「親分が子分のために犠牲になろうってのか？」

松浦は修羅の意図を探るように尋ねる。

「そんなんじゃねーよ…」

虎太郎の顔がみるみる青白くなっているのに気づいて、池袋からの援軍を悠長に待っていられなくなったのもあるが、修羅一人で残ったほうがかえって心置きなく暴れられるというのもあった。

「俺はココに残ります」

親分を置いて逃げることなどできない龍輔はキッパリと宣言する。

「龍っ！」

龍輔の強い意志を感じて修羅は咎めるように名前を呼ぶ。

「俺は修羅さんに惚れて、一生ついていくって決めたんです。親分のためなら命を捨てても惜しくないし、それは虎太郎も一緒だと思います」

なおも龍輔は揺るぎない口調で修羅と運命を共にする覚悟を告げた。

もし修羅をこの場に置き去りにしたら、たとえ命が助かっても虎太郎に殺されてしまうのではないかと思う。

「ワシだって同じだ！　老い先短いこの命、小僧にくれてやるわい！」

松浦に捕らえられている神尾も昂ぶる感情の赴くままに同意する。

「爺さん……」

「死なばもろともだ」

驚いたような顔をする修羅に神尾はフッと笑って頷いた。

「二人とも、ありがとうな」

龍輔と神尾の熱意に考えを改めた修羅は、礼を言うや否や床に転がっている日本刀を拾って、神尾の額に拳銃を突きつけている松浦の親指を切り落とす。

「うぐぁあああっ！」

松浦は親指の付け根から噴き出す血と激痛に叫びながら拳銃を落とした。

「気が変わった」

あまりに一瞬の出来事で松浦組の男たちが一歩も動けないでいる中、修羅は松浦の落とした拳銃を拾うのと同時に神尾の手を引いて自分の後ろに匿《かくま》う。

「的場組と全面抗争する覚悟があるなら、俺のタマ取ってみろやっ！」

日本刀を上段に構えて松浦組と対峙した修羅はドスの利いた声で挑発する。

「うっ……」

その幼い外見に似合わない修羅の迫力に、松浦組の男たちは思わずたじろぐ。

やられたらやり返すのが流儀のヤクザにとって、修羅の命を奪うことはそのまま自分たちが報復を受けることになるのだ。

「親父、どうします？」

切り落とされた親指の根元を押さえて止血している松浦に、子分の一人が困惑気味に伺いを立てた。

「他のヤツは殺《や》っていいから、修羅とかいうガキだけは死なない程度に痛めつけろ！」

「ハイッ」

松浦の指示に子分たちは一斉に臨戦態勢をとる。

龍輔たちもそれぞれ武器を拾って男たちの攻撃に備えた。

「爺さん、俺の後ろに隠れてろよ」

一刻も早く虎太郎を病院に連れていくためにも、一気に片をつけるつもりの修羅は神尾に声をかける。

「あぁ」

修羅の足手まといになりたくない神尾はコクンと頷く。

「ちょっと待った！」

そこへ一触即発の空気を破るように一人の男が事務所の中へ飛び込んできた。

「弥幸ッ!?」

それは修羅が待ちに待った援軍ではなく、修羅の危機を聞かされて六本木のオフィスから駆けつけてきた弥幸だった。

「何者だっ⁉」

見るからに筋者《すじもの》ではない、ブランド物のスーツをスタイリッシュに着こなしたモデルのような風貌の弥幸に、松浦は苛立った様子で問いかける。

「失礼。俺はこういう者です」

弥幸は拳銃を持っている男たちに怯むことなく、スーツの内ポケットから名刺を取り出すと松浦に手渡した。

慌てて修羅は弥幸と松浦の間に割って入って危害が加えられないようにする。

「MKカンパニー代表取締役、鎌倉弥幸…？」

「あぁっ！　ドラゴンファンタジーのっ！」

弥幸から受け取った名刺を読み上げる松浦に、子分の一人がハッと思い当たったような声を出す。

「あん？」

ゲームをやらない松浦には子分がなにを言っているのかわからない。

「世界中で大ヒットした、オンラインRPGの制作者です。よくゲーム雑誌に顔写真が載ってるんで、間違いありません」

子分は少し興奮気味に弥幸の素性を教えてやった。

中学の頃から自らが開発したゲームをネット上で無料公開し、大学在学中にゲーム会社を興して、ヒット作を世に送り出している弥幸の顔と名前は、ゲーム好きの若者には知れ渡っている。

「で、そいつがなんの用だ？」

弥幸の正体はわかったが、ヤクザの争いに首を突っ込んでくる意図が掴めない松浦は、痛む親指に眉をひそめて用件を促す。

「俺と取引しませんか？」

松浦の問いかけに弥幸はニッコリと笑って交渉を持ちかけた。

「なに？」

「修羅の命と引き替えに、ＭＫカンパニーの株と俺が制作したゲームの権利を譲ります」

弥幸は自分の私財を擲《なげう》って修羅の命乞いを申し出る。

「なに言ってんだよ！」

驚いたのは修羅だ。弥幸にそんな迷惑をかけるくらいなら、死んだほうがマシだとしか思えない。

「ヤバイッスよ！　めちゃくちゃスゴイッスよ！」

願ってもない条件に松浦の子分は狂喜乱舞する。

「堅気の社長さんが、なんだってヤクザ者のためにそこまでするんだ？」

弥幸の話を鵜呑《うの》みにできない松浦は、疑り深く尋ねた。

「俺は修羅のイロなんで」

弥幸は肩を竦めて修羅との関係を明かす。

「愛する人の命を護るためなら、金も会社も惜しくはない」

不敵に笑って修羅への想いを告げる弥幸は、極道のヨメとして肝が据わっているように見える。

「弥幸の会社がヤクザの資金源になるなんてダメだ！」

以前、弥幸の会社に投資することでシノギを上げるつもりだったのに、断られた経緯のある修羅は必死になって叫んだ。

こんな状況で弥幸の口から『愛する人』という言葉が出て嬉しいのに、喜んでいる場合ではないのが口惜しかった。

「いいんだよ」

取り乱す修羅を弥幸は小さく首を振って窘めた。

「この人たちだって修羅に手を出して的場組を敵に回すより、合法的な会社の株主になってラクに儲けるほうがいいだろ」

「たしかにな…」

弥幸の言うように、親指一本と引き換えに莫大な財産が手に入るのなら悪くない条件だと思う。

「この条件で手打ちにしてもらえるなら、権利書をお渡しするので俺の会社にいらしてください」

乗り気になっている松浦に弥幸はビジネスの話をするみたいな口調で促す。

「いいだろう」

欲に目が眩んだ松浦は交渉成立とばかりに頷いた。

「よくないっ！」

それでも修羅はどうしても納得がいかなくて、まとまった話を蒸し返そうとする。

「聞き分けのないこと言うんじゃない」

修羅の肩に手を置いた弥幸はなだめるように言って聞かせた。

「早く虎太郎を病院に搬送しないと、本当に命が危ないぞ」

「う…」

虎太郎を引き合いに出されて修羅は押し黙るしかなくなる。

ここで意地を張って話を長引かせるより、とにかく今は虎太郎を病院に連れていくのが先決だった。

「龍輔、神尾さん、虎太郎を病院に運んでください」

弥幸は龍輔と神尾に指示を出す。

「かまわないですよね？」

「あぁ」

念のため確認と取ってくる弥幸に、松浦は問題ないと頷いた。

「俺は修羅さんから離れるわけにはいきません！」

いくら弥幸が松浦と金銭で折り合いをつけたとはいえ、修羅を残してこの場から離れるなんて龍輔には考えられない。

「さすがにワシ一人で虎太郎を運ぶのは無理だ」

神尾は物理的な問題を口にして龍輔を説得する。

「しかしっ…」

「龍輔、虎太郎を頼んだぞ」

逡巡《しゅんじゅん》する龍輔に修羅は虎太郎の命を託すのだとばかりに言葉をかけた。

「…わかりました」

虎太郎の容態が一刻を争うだけに、押し問答している場合ではないと判断した龍輔は、後ろ髪を引かれながらも親分である修羅に従うことにする。

龍輔は迷いを振り切るように服を着ると、すでに意識を失っている虎太郎を背負って事務所をあとにした。

「修羅も服を着たらどうだ？」

病院に向かう虎太郎を素っ裸で見送っている修羅に弥幸は声をかける。

「そうする」

修羅は小さく返事をしたが、虎太郎が病院に搬送された以上、このまま弥幸の会社を松浦に渡す必要などないという思いが強くなってしまう。

「やっぱダメだ…」

小さくボソッとつぶやいた修羅は、床に脱ぎ散らかしてあったジーンズを拾うと松浦に向かってバッと投げつけた。

「なっ!?」

修羅は視界を奪われてパニックに陥る松浦の背後に素早く移動する。

「死ねやっ!」

左手で松浦の髪を掴んだ修羅は、右手に持った日本刀の刃をその首筋に当てた。

松浦の息の根を止めてしまえば弥幸に迷惑をかけずに済むし、そのためなら人殺しになってもかまわないとすら思った。

「修羅ッ!」

強行に出る修羅を弥幸は必死で名前を呼んで制止しようとする。

「そこまでだ」

張りつめた空気に包まれた現場に、龍輔たちと入れ違いで到着した池袋からの援軍と、的場組の総本部から組長の武人と幹部たち、さらに明王が率いる藤城組の猛者《もさ》たちまで揃って乗り込んできた。

「親父っ!?」

ボディーガードに囲まれて事務所に入ってくる武人に、修羅は驚いた声をあげる。

「待たせたな、弥幸先生」

総勢百名以上の構成員たちの先頭に立った明王は弥幸に笑顔を寄こす。

「明ちゃんまで…」

自分の子分だけでなく、父や兄まで心配して駆けつけてくるなんて、まだまだ半人前の子供扱いされているみたいで修羅は複雑な気分に陥った。

「いえ、時間稼ぎが上手くいってよかったです」

弥幸はホッとしたように小さく首を振る。

実は弥幸に修羅の危機を伝えたのは明王で、オフィスから六本木の店舗が近いこともあって、明王たちが到着するまでの時間稼ぎを自分から申し出たのだ。

「時間…稼ぎ…?」

要するに弥幸の会社の株やゲームの権利を譲渡するという話は、はじめからハッタリに過ぎなかったのだと気づいて、すっかり騙されていた修羅は唖然となってしまう。

「降伏するなら素っ裸になって土下座しろ。さもなくば命はないと思え」

的場組の機動力に呆然としている松浦組の男たちに、武人は凄みを利かせて命じた。

もちろん修羅が素っ裸に剥かれているのを見て、松浦組の男たちにも同じ屈辱を味わわせてやろうという魂胆だ。

「どうします？」

「どうって…、敵《かな》うワケねーだろ……」

組織力の違いを見せつけられて、すっかり戦意喪失してしまった松浦は、子分たちを促して服を脱ぎはじめる。

「なんだ、修羅にカチコミかけたくらいだから、もうちょっと根性あるかと思ったぜ」

呆気《あっけ》なく降伏する松浦組に武人は小馬鹿にしたように言い放つ。

「オイ、久住に手打ちの話を持っていけ」

「わかりました」

武人の指示で、的場組の舎弟頭が松浦組の上位組織である久住会へと伝令に行くことになった。

「修羅、怪我はないか？」

床に落ちている修羅の服を拾い集めた明王は、優しい口調で尋ねながら渡してやる。

「俺は大丈夫…」

過保護な兄に修羅は眉をハの字に下げて頷いた。

「でも虎太郎が撃たれて…」

すでに病院に運ばれている以上、修羅にできるのは無事を祈ることだけだが、最悪の事態を考えるといても立ってもいられなかった。

「後始末はやっておくから、早く病院に行ってやれ」

ギュッと唇を噛みしめる修羅に武人は現場を離れる許可を与える。

「よろしくお願いします」

武人に一礼をした修羅は弥幸が運転する車で虎太郎が運ばれた病院に向かった。


修羅が病院に到着すると、虎太郎は緊急手術の真っ最中だった。

病院とはいっても、真っ当な医者にかかって警察沙汰になるのを避けるため、雑居ビルの地下で看板も掲げずに経営している、的場組系の構成員御用達《ごようたし》の闇医者がオペを担当していた。

以前は大学病院の外科に勤務していたエリート医師は、賭博の現行犯で逮捕されたのが原因で医師免許を停止され無職となってしまったのだが、その腕を見込んだ武人から闇医者として囲われて、多額の報酬と引き替えに表沙汰にできない怪我の治療にあたっているのだ。

狭いロビーには修羅たちだけでなく、虎太郎を慕う舎弟たちが大勢駆けつけている。

「もしも虎太郎に万一のことがあったら…」

薄暗い廊下で待つことしかできない修羅は思わず不安を口にした。

「虎太郎はワシを庇って撃たれたんだ。修羅が責任を感じる必要はない」

珍しく弱気になる修羅に神尾は申し訳なさそうに言う。

「それに虎太郎が修羅さんを残して死ぬはずないですよ」

龍輔も努めて明るく、なんの根拠もないのに自信満々で言い切った。

犬猿の仲であり、互いに修羅の直属として両輪のような存在の虎太郎を、失いたくないという気持ちは龍輔が一番強いのかもしれない。

「…そうだな」

二人の気遣いに修羅は祈るような気持ちで頷く。

自責の念に駆られている修羅の頭を、傍らに寄り添っている弥幸はソッと撫でてやった。

程なくして医師が手術室から出てきた。

「医師《せんせい》！　虎太郎は!?」

手術着のマスクを外しながら近づいてくる医師に、修羅は居ても立ってもいられず問いかける。

「かなり出血が多かったが、もう大丈夫だ」

医師はフッと笑って虎太郎の命に別状がないことを伝えた。

「よかった…」

その場にいる全員が緊張から解放されてホッと胸を撫で下ろす。

「今はまだ麻酔で眠ってるから、顔を見るだけにしとけ」

「ありがとうございましたっ」

修羅の肩をポンッと叩いて告げる医師に、修羅は深々と頭を下げて礼を言った。

「治療費はガッポリいただくからな」

修羅に倣って一斉に頭を下げる鎌倉組の構成員たちに面食らった医師は、冗談めかしてがめつい要求をする。

医師の案内で修羅たちは手術室のすぐ横にある病室に通された。

「虎太郎…」

まだ酸素マスクや、様々なコードやチューブをつけたままではあるが、虎太郎の顔色がだいぶ良くなっているのを確認して修羅は安堵の息を吐く。

「すまなかったな」

虎太郎の痛々しい姿を目の当たりにした神尾は改めて修羅に謝罪する。

「爺さんのせいじゃない。俺が甘かったんだ」

修羅は静かに首を横に振ると自らの過ちを口にした。

「俺のバックには的場組がついてるからって高を括って、他所《よそ》のシマを荒らして…」

的場組の跡目を自負して怖いものなどないような気になっていたが、それは父や明王たち的場組の幹部が畏怖されているだけであって、修羅はまるで虎の威《い》を借《か》る狐《きつね》のような醜態を晒していたことになる。

「弥幸や親父たちが助けに来てくれなかったら、的場組の看板に泥を塗るところだった」

「そんなことを気に病む必要はない」

悔恨の言葉を口にする修羅に、後始末を終えて病院に足を運んだ明王が話に割って入ってきた。

「明ちゃんっ」

兄の声に修羅は驚いて振り返った。

「勢力を伸ばそうとしたら多少の無茶はやむを得ないし、血よりも濃い絆で結ばれた極道が親子兄弟を助けるのは当然のことだ」

たとえカチコミをかけられたのが修羅でなくとも、的場組の構成員である限り武人は迷いなく加勢するだろう。

そうやって他所の組を制圧することで的場組は勢力を拡大してきたのだ。

「でも、親の七光の俺なんかより明ちゃんのほうが的場組の跡目に相応しいって、みんな思ってるよ」

法に触れないシノギで成功を収めながら、的場組の幹部として武人から絶対の信頼を置かれている明王に、嫉妬のような感情を覚えた修羅は悔しそうに言い返す。

「みんなって誰だ？」

抽象的な言い方をする修羅に明王は首を傾げた。

「えっ？」

「いざというときに修羅のためなら命を捨てても惜しくないと思う者は大勢いる。今回のことで俺は参謀のほうが向いてると実感したくらいだ」

むしろ明王は、この春に高校を卒業したばかりの修羅が、積極的に自分の縄張りを広げシノギに精を出しているのを見て、さすが武人の血を引く極道のエリートだと末恐ろしく思っている。

「でも…」

明王の言葉を素直に受け入れられない修羅は唇を噛んで俯いた。

結局修羅はまだ父や兄の庇護下にあるのに、誰も不甲斐ない自分を責めてくれないのが心苦しい。

「弱気になるなんて修羅らしくないぞ」

いつもの強気な態度がすっかり鳴をひそめている修羅に明王は苦笑いで突っ込んだ。

「もし修羅がまだ力量が足りないと思ったのなら、跡目に相応しい男になれるように努力したらどうだ？」

「ん…」

優しく諭すような明王の言葉に、修羅はモヤモヤした感情を抱えたまま頷いた。


龍輔に虎太郎の付き添いを頼んで病院をあとにした修羅は、弥幸と一緒に明王の屋敷の敷地内にある道場にやってきた。

「コイツで俺をめった打ちにして、ヤキを入れてくれ」

修羅は木刀を手にすると、弥幸に差し出しながら真剣な眼差しで頼み込む。

「なに？」

「半殺しにしてくれてかまわない」

事態を飲み込めないでいる弥幸に、修羅は事もなげに言うとその場に胡座をかいて腕を組んだ。

ヤクザはその独特の掟に背いた者に対して、竹刀や束ねたロープでめった打ちにするなどの制裁を与えることがある。

今回の一件に対して誰も修羅を責めたりしなかったが、虎太郎が病院送りになったうえに堅気の神尾を抗争に巻き込んでおきながら、なんのお咎めもナシなんて許されないと思った。

「なにを言いだすかと思えば…」

サディストではあるが暴力は好まない弥幸は呆れたようにため息を吐いた。

木刀でめった打ちにするなんて、下手したら骨折どころか命を落としかねない危険な行為だし、安全を考慮して平手で尻を叩くのとはワケが違う。

「俺なりのケジメだ」

自分の不甲斐なさを恥じている修羅はキッパリと言い切る。

「あのな、そういうのはSMじゃなくて、暴力っていうんだよ」

修羅を泣かせることに性的な興奮を覚える弥幸だが、ただ痛めつけることを目的にした暴力と、お互いを想い合い精神と肉体を高め合うSMを一緒にされたくなかった。

「俺は愛と快楽の伴わない暴力は好きじゃない」

SMに美学を持っている弥幸は修羅の要求を突っぱねた。

そもそもヤクザですらない弥幸が修羅を私刑《リンチ》しなくてはならない理由が見当たらない。

「だったらエンコ詰めるっ」

意固地になった修羅はさらに反社会的な要素が強い贖《あがな》いを申告する。

「それこそ単なる自己満足の自傷行為に過ぎないだろ」

修羅がよっぽどの不義理を起こして、小指を落とさねば収まりがつかない状況になったのならともかく、一時の感情で一生身体に残る傷を負わせるワケにいかない弥幸は、大真面目な口調で筋違いな自虐的発想を非難した。

たしかに修羅が安易に小指を詰めたりしたら、責任を感じた虎太郎まで同じように指を落としかねないと思う。

「…じゃあ頭丸める」

仕方なく修羅は見せしめの意味合いが強い制裁を自身に科そうとする。

「坊主頭を罰ゲームみたいに扱うのは、ファッションで頭を刈ってる人に失礼だと思わないか？」

他人に無理矢理強制されるならともかく、自ら頭を丸めても罰とはいえないと思った弥幸は冷静に指摘した。

それに小柄で可愛い顔立ちの修羅が坊主頭にしたら、ますます幼さが強調されるだけで激しく似合わない気がする。

「ダーッ！　俺にどうしろってんだっ！」

弥幸にことごとく却下された修羅は、どうケジメをつければいいのかわからなくなってしまう。

「下の毛を剃るっていうのはどうだ？」

苛立ちを露わにする修羅に弥幸はシレッと性的な罰を提案した。

「はっ？」

「坊主にして、いかにも反省してますってアピールするより、人知れずパイパンの恥辱に耐えるほうが戒《いまし》めになると思うぞ」

弥幸はもっともらしく言うけれど、どう考えても修羅にはＳＭプレイの一種だとしか思えない。

「ふざけんなっ」

極道の世界に生きる男として真剣に考えていた修羅はバカにされたような気分になる。

「俺は真面目に提案してるんだけど…」

修羅の剣幕に、なにも冗談で言ったつもりはない弥幸は肩を竦めた。

「てか、それって単なる弥幸の趣味だろっ？」

唇を尖らせた修羅は悪趣味な弥幸につきあっていられないとばかりに反論する。

「だって修羅、あの男たちに裸にされてたじゃないか」

なにかを勘違いしている修羅に、弥幸は弥幸で修羅に罰を与える権利があることを教えてやった。

「えっ？」

弥幸がなにを言いたいのかわからない修羅はキョトンと首を傾げた。

「もしパイパンだったら、俺以外の誰かに裸を見せようなんて思えなくなるだろ」

ニヤリと笑った弥幸は独占欲を丸出しにして告げる。

「別に好きで裸になったワケじゃ…」

丸腰を証明するために裸にさせられただけで、性的な意味合いなど微塵も感じていなかった修羅は困惑気味に主張した。

「二度と俺以外の前で脱げないようにしてやるって言ってんだよ」

聞き分けのない修羅にスッと目を細めた弥幸は、珍しく高圧的な物言いで修羅の口答えを封じてしまう。

「うっ…」

サディストのスイッチが入った弥幸に、さんざん調教されている修羅の身体がカァッと熱くなる。

「どうする？」

「それで弥幸の気が済むなら、やればいいだろっ」

あくまで判断は修羅に任せるというスタンスで問いかけてくる弥幸に、NOと言えるはずもない修羅はヤケクソ気味に返事をした。

それが極道としてのケジメになるかはともかく、弥幸の伴侶として不適切な行動だったというなら従うしかない。

「もし修羅が本気で反省してるなら、下の毛を全部剃《そ》ってツルツルの子供チンコにしてくださいって言えるよな」

弥幸はあくまで修羅の意志で剃毛《ていもう》を志願させようとする。

「悪趣味だぞっ！」

この状況で恥ずかしい台詞を言いたくない修羅は憤慨したように叫んだ。

「修羅が嫌がるからケジメになるんだろ」

いつものパターンで言い返されて修羅はぐうの音も出なくなった。

どうせ性的な意味では、弥幸以外に下半身を見せることはないので無毛でもかまわないが、銭湯や温泉などの公共浴場には行けなくなるし、着替えのときにも誰かに股間を見られないように気を遣わなければならなくなる。

「うぅ…し、下の毛を…全部剃ってぇ……」

修羅は頭の中で激しく葛藤しながらも、シドロモドロに弥幸の望む言葉を紡ぎ出す。

「ツルツルの子供チンコにしてくださいっ！」

躊躇いがちに隠語を口にするほうが恥ずかしいような気がした修羅は、思い切りよく懇願した。

「よし、風呂を借りるぞ」

善は急げとばかりに弥幸は修羅の手を引いて道場をあとにする。

「マジかよぉ」

まさか今すぐに剃られると思っていなかった修羅は、重い足取りで道場に隣接した母屋に入っていく。

「修羅！　無事だったんだな！」

すると廊下でバッタリ刃太と出くわしてしまう。

修羅のピンチに明王と逸見は新宿のオフィスから六本木に向かったが、藤城組の構成員ではない刃太は自宅で待機するように言いつけられてしまったのだ。

兄弟同然で暮らしていた修羅の無事を刃太も心から祈っていた。

「あー、うん…」

留守番の刃太が気を揉んでいたことなど知る由もない修羅は、無事じゃなくなるのはこれからだと憂鬱《ゆううつ》になる。

「なにかあったのか？」

浮かない顔で生返事をする修羅に刃太は心配そうに問いかけた。

「刃太、カミソリを貸してもらえるか」

緊張感を募らせる刃太に噴き出しそうになりながらも、弥幸は剃毛に必要な道具を調達しようとする。

「カミソリ？　洗面台の下にある棚に入ってると思うけど、ナニに使うんだ？」

弥幸の意図がわからない刃太は純粋に疑問を口にした。

「修羅なりのケジメ」

弥幸は人の悪い笑みを浮かべて抽象的に答える。

「はぁ？」

「刃くんには関係ないだろっ！」

思わず首を傾げる刃太に、今から子供みたいにツルツルにされるなんて知られたくない修羅は、苛立ちをぶつけるように叫ぶと脱兎《だっと》のごとく風呂場に向かう。

「あっ、オイ」

慌てた刃太は呆然と修羅の背中を見送った。

「悪いな」

呆然としている刃太の肩をポンと叩いた弥幸は、悠然と修羅のあとを追いかける。

「あんな態度とったらダメだろ」

脱衣場で修羅と二人きりになった弥幸は子供を叱るような口調で注意を与えた。

「だって…」

唇を尖らせる修羅にはかまわず、弥幸は刃太から教えてもらったとおり洗面台の下の棚を開けると、T字の安全カミソリとシェービングフォームを取り出す。

「さぁ、早く下だけ脱いで浴槽の縁に腰掛けるんだ」

風呂場の扉を開けた弥幸は、グズグズしている修羅を急かすように檜張りの贅沢な浴槽を指した。

浴槽だけでなく床や壁まで総檜張りの浴室は清々しい香りがする。

「下だけ脱ぐって変態っぽくない？」

修羅はブツブツ文句を言いながらも、覚悟を決めてジーンズと下着を一緒くたに脱ぎ捨てた。

「全裸になりたいなら上も脱いでいいぞ」

「いや、脱ぎたいワケじゃないけど…」

風呂に入るならともかく、浴槽にはお湯も張られていないのに全裸になるのは、それはそれでなんともマヌケな気がする。

「自分でシャツの裾持ってろよ」

まな板の上の鯉になったような気分で浴槽の縁に腰掛けた修羅に、弥幸はシェービングフォームの缶をシャカシャカと振りながら指示を出した。

「わかった」

コクンと頷いた修羅はTシャツの裾を掴んでヘソのあたりまでたくし上げる。

「修羅って体毛薄いよな」

弥幸は改めて修羅の下腹部に目をやると、薄い毛を満遍なく覆うように泡を吹きつけながら言う。

羞恥プレイとしては、タマ袋の裏側や尻の割れ目までびっしり生えている毛を剃り落とすほうが、より屈辱的だし奥まった部分に刃物を当てられる恐怖もあると思うが、生憎と修羅はペニスの上に飾り程度の陰毛が生えているだけだった。

「弥幸だって薄いじゃんっ」

なんとなく男らしくないと言われた気がして、唇を尖らせた修羅は弥幸も人のことをバカにできないと指摘した。

「俺の場合は色素が薄いから、目立たないだけなんだよ」

弥幸はどうでもいいことを真面目に答えてやりながら、クリーム状のきめ細かい泡に覆われた下腹部にカミソリの刃を当てる。

「あっ…」

冷たい刃が泡と一緒に毛を剃り落としていく感触に、ゾクッとなった修羅は身を竦ませた。

「動くなよ。動いたら性器に傷がつくぞ」

修羅の肌を傷つけたくない弥幸は低い声で脅すように忠告を与える。

「う…あぁ…」

実際には痛くも痒くもないのに、刃が肌を滑る恐怖と、くすぐったい快感の両方に襲われて、修羅の分身はヒクヒクと揺れながら硬度を増していく。

「なんだ、剃られてるだけで勃つのか」

弥幸は敏感な修羅を咎めつつも、左手で弄ぶように竿をユルユルと扱いてやった。

「チガッ…これはぁ……」

被虐的な快感に酔った修羅は往生際悪く否定しようとする。

「アッという間だな」

修羅が言い訳する間もなく剃毛を終えた弥幸は、ツルツルになった下腹部を指でさわさわと撫でながらつぶやいた。

「流すぞ」

弥幸は次にシャワーを手にすると、少しぬるめの温度に調整して修羅の股間を綺麗に洗い流す。

「はぁ…」

いきり立った分身にシャワーが当たる刺激さえも気持ちよくて、修羅は無意識に甘ったるい吐息を漏らしてしまう。

「子供みたいにツルツルなのに、節操なく勃起させてるってギャップありすぎだろ」

シャワーを止めた弥幸はだらしなく脚を開いたままの修羅に苦笑いで突っ込んだ。

先端を剥き出しにして反り返ったイチモツと、ツルンとした無毛の下腹部がミスマッチで逆にイヤラシイ。

「俺のせいじゃねーもん」

修羅は耳までカァッと赤くなって責任転嫁する。

「じゃあ誰のせいなんだ？」

「弥幸が変な提案するから悪い」

わかりきったことを聞く弥幸に、修羅はふて腐れたような口調で言い返した。

「たしかに剃毛しただけじゃ反省できないみたいだな」

弥幸としてもこの程度の羞恥プレイで修羅が泣くはずないと思っているし、むしろここからが本番だった。

「もー好きにしてくれよ」

今さら弥幸に逆らうつもりもない修羅は投げやりに言い捨てる。

「それを言うなら、なんなりとご命令くださいご主人様…だろ？」

やさぐれた修羅の態度に、ヒョイッと片方の眉を吊り上げた弥幸は、あくまで修羅が望んで罰を受けるのだと認識させようとした。

「ダンナは俺のほうだ！」

しかし修羅はソコだけはどうしても譲れないというように叫んだ。

弥幸にMとして調教されてしまった修羅にとって、あくまで自分はダンナで弥幸がヨメという認識が最後の砦だった。

「この場合のご主人様は、マスター&スレイブのマスターだから安心していいぞ」

変なところにこだわる修羅に弥幸はクスッと笑って解説してやる。

「スレイブって奴隷じゃねーかっ」

ソレはソレで受け入れ難い修羅はキーッとなって突っ込んだ。

「そう。俺のダンナ様は極悪非道のヤクザなのに、ヨメの前では可愛いマゾ奴隷になっちゃうんだよ」

弥幸はコクンと頷くと、修羅の頬を優しく撫でてやりながらとびきり甘い声で囁く。

「うぅ…」

あくまで修羅をダンナだと認めながら奴隷扱いする弥幸に、胸がキュンッと高鳴ってしまった修羅は悔しそうに唇を噛みしめた。

「せっかくだから、今日は俺のことご主人様って呼んでもらおうか」

奴隷扱いに屈辱を覚えながらも瞳をトロンとさせている修羅に気づいた弥幸は、ふと思いついたように提案する。

「なっ!? そんなんっ…」

自らを奴隷だと認めなければならない呼び方に修羅は強い抵抗を示す。

「反省する気があるなら、ご主人様には絶対服従だ」

ジッと修羅の瞳を見据えた弥幸は有無を言わせぬ口調で命じた。

「…わかった」

修羅は弥幸のサディスティックな視線に魅入《みい》られたみたいに頷いてしまう。

「わかりました、ご主人様」

ご主人様に対する口の利き方がなってない修羅に、弥幸はため息混じりに正しい返事の仕方を教えてやる。

「わかりました！　ご主人様ッ！」

ギクッとなった修羅は大きな声で復唱した。

「それじゃあ服を着て、出かけるとするか」

「どこへ…？」

弥幸に顎をクイッと持ち上げられて、ノロノロと立ち上がった修羅は不安そうに問いかける。

「修羅は黙って俺についてくればいい」

平然と言い切る弥幸に修羅は一抹の不安を覚えるが、どこへ連れていかれようと修羅に拒否権はないのだ。

「あ、下着はつけなくていいぞ」

浴室を出て先ほど脱いだジーンズと下着を拾い上げる修羅に、弥幸はニッコリと笑って指示を出す。

「うぇえ…」

修羅は眉間に皺を寄せながらもノーパンでジーンズに脚を通すことにした。

いつもピッタリとしたボクサーパンツで覆われているだけに、布が固いジーンズを直穿《じかば》きするとペニスの収まりが悪く感じる。

それでもジーンズを穿いている限り、修羅の股間がパイパンだと他人にバレることはない。

なるべく股間の違和感を意識しないように心がけながら、修羅は弥幸が運転する車に乗って明王の屋敷をあとにした。


修羅を助手席に乗せた弥幸は、神楽坂の藤城邸から自宅マンションのある六本木ではなく、修羅の組事務所がある池袋にやってきた。

「なんで組事務所なんかに…」

オフィス兼組事務所の前で車を停める弥幸に修羅は困惑気味につぶやく。

「降りるぞ」

「あっ！　修羅さん、姐さんもっ！」

ワケがわからないまま弥幸に促されて車を降りた修羅に、事務所当番で外の見張りをしていた若衆が二人駆け寄ってくる。

結局修羅の子分たちの間では弥幸は姐さんとして定着してしまった。

修羅自身が弥幸のことをヨメだと公言しているからなのだが、二人が並んでいると弥幸が修羅に股を開いて抱かれている姿も想像できなくて、本当はどっちがどうなのか詮索してはイケナイというのが暗黙の掟になっていた。

「オウ」

子分たちにパイパンだとかノーパンだとかバレるはずないとわかっていても、修羅はつい緊張して必要以上にキリッと引き締まった表情を作ってしまう。

「お疲れ様ですっ」

「虎太郎さんの容態はどうですか？」

事務所の守番をしていて虎太郎の病院に行けなかった若衆は心配そうに尋ねた。

「手術は上手くいった。出血は多かったけど、命に別状ないそうだ」

修羅はフッと笑顔を見せて答えてやる。

「よかったぁ」

虎太郎の無事を祈っていた若衆たちはホッと胸を撫で下ろした。

「そういえば聞きましたよ！　虎太郎さんを撃った松浦組に修羅さんが颯爽《さっそう》と立ち向かっていったって！」

六本木の現場から戻ってきた兄弟分から、修羅の武勇伝を聞かされた若衆は興奮気味に修羅を称《たた》える。

「しかも神尾さんを人質に取られて修羅さんも身動きできなくなったところで、姐さんが松浦組との交渉に乗り出したっていうじゃないッスか！」

さらに堅気の弥幸が松浦組と堂々と渡り合ったと聞かされて、さすが修羅の見込んだ男だと評価はうなぎ登りに上がった。

「しかも修羅さんのピンチに、的場組の本部と藤城組まで駆けつけてくれるなんて最強ッスよね！」

「そもそも的場組の跡目にケンカ売るほうがマヌケなんスよ」

二人の若衆は誇らしげに修羅と的場組の機動力を誉めちぎる。

「…まぁな」

自分では失態を犯したと思っていても、子分の前でネガティブな発言はできない修羅は複雑な気分で相槌を打つ。

「今晩は物騒なことが起こるかもしんねーから、しっかり見張ってろよ」

「ハイ！」

さっさと話を切り上げようと告げた修羅に若衆は気合を入れて返事をした。

「俺たちはしばらく上の組事務所にいるから、なにかあったら訪ねてきてくれ」

さらに弥幸は自分たちの居場所をさりげなく若衆に教えておく。というよりむしろ、いつ若衆が組事務所に入ってくるかわからないと、修羅に印象づけておくことが目的だった。

「わかりました」

弥幸が組事務所になんの用があるのか不思議に思いながらも、修羅が一緒なので問題ないと判断した若衆はあっさりと了承する。

修羅にも弥幸がなにを企んでいるのかよくわからなくて、ギクシャクした足取りでエレベーターに乗り込むと、無言のまま弥幸を連れ立って最上階にある組事務所に向かう。

幸い今日は事務所当番の若衆以外は出払っていて誰もいない。

鎌倉組の組事務所は、三十畳ほどの広い空間に大きなデスクとプレジデントチェア、十人ほど座れる豪華な応接セット、さらに大画面テレビまであって、組事務所の看板や的場組の代紋が入った提灯、掛け軸、日本刀などが飾ってなければ、ゴージャスな社長室といった雰囲気だった。

「なんだ、失態を責めるどころか武勇伝になってるじゃないか」

組事務所で修羅と二人きりになった弥幸は、先ほどの修羅に対する若衆の態度に拍子抜けしたように言う。

「せっかく修羅が剃毛してまで反省の意を表してるのにな」

「ソレとコレとは別だっ」

耳元で意地悪く囁く弥幸に修羅は頬を朱に染めて反論する。

子分たちだけでなく、武人や明王も修羅を戒めてくれないからこそ、弥幸の言いなりになることで自分自身に制裁を与えるつもりなのだ。

「理由なんてなくてもいいから、俺に調教してほしいだけだったりして」

サディスティックな笑みを浮かべた弥幸は疑わしそうに突っ込む。

「違う！」

トンデモナイ言いがかりをつけられた修羅は弾かれたように否定した。

修羅ははじめ木刀でめった打ちにしてほしいと頼んだはずなのに、性的な調教を提案してきたのは弥幸のほうだった。

「じゃあヤメる？」

屈辱に打ち震える修羅に弥幸は肩を竦めて問いかける。

「え…？」

突然弥幸に突き放されたような気分になった修羅は呆然と目を見開いた。

「親父さんも明王さんも、子分たちだって誰も修羅のこと責めてないんだから、俺が修羅を甚振《いたぶ》るのはお門違いだよな」

「なんで、ンなこと言うんだよぉ…」

弥幸はもっともらしく言うけれど、これまでずっと理由もクソもなく修羅のことを調教してきたクセに、今さら冷たくあしらうなんて酷すぎる。

「だって俺は修羅のことを愛してるから泣かせてやりたいって思うのに、修羅にとってSM

は愛を確かめ合う行為じゃなくて、単なる懲罰に過ぎないってコトだろ？」

たとえ歪んだ愛情表現だとしても、弥幸は愛と労力を惜しまず修羅を調教してきた。

それなのに修羅が弥幸の責めを制裁だとしか思えないなら、愛情が伝わっていなかったみたいで虚しくなってしまう。

「俺は、弥幸に悦んでもらえるなら、どんな性癖だって受け止めてみせるって…」

不満そうに主張する弥幸の口から『愛してる』という言葉が出たことに、胸をキュンッとときめかせた修羅は必死になって訴える。

「俺は修羅にも悦んでもらいたいんだよ」

自分の性欲だけが満たされればいいとは思えない弥幸は小さく首を横に振った。

「だから修羅が無理して俺のサディスティックな性癖につきあってくれてるなら、その必要はないって言ってるだけだ」

弥幸の主張に、修羅はようやく自分の被虐嗜好を否定することが、弥幸の愛を拒絶していることになるのだと気づく。

「無理なんかしてない！」

焦った修羅はブンブンと大きく首を振って本音を暴露する。

「そりゃ、この俺が弥幸に泣かされて悦ぶマゾだなんて認めたくないけど、俺は…、俺の心も身体もとっくに弥幸に支配されてんだよ！」

サディストの弥幸にみっともなく泣かされながらも、心も身体も支配されて気持ちよくなってしまうのは、ソコに弥幸の愛情が込められていることを修羅自身が感じ取っていたからだと思う。

「弥幸のコトが好きだから、弥幸にならなにされても気持ちいいし、痛いのも恥ずかしいのも感じちゃうドMになっちゃったんだからなっ！」

「修羅…」

半ベソで白状する修羅がたまらなく愛おしくて、弥幸はもっとイジメて泣かせてやりたくなってしまう。

修羅が弥幸の調教に悦んでいるなんて、本当は口に出して言うまでもなく身体が雄弁に物語っていたけれど、プライドをかなぐり捨てて自分はドMだと認めてくれたのが嬉しかった。

「弥幸のほうこそ、俺のこと愛してるなんて今日はじめて聞いたぞっ!?」

松浦組と対峙したときも今も、どさくさに紛れてシレッと愛の言葉を口にした弥幸に修羅は突っかかる。なにしろ修羅は、自分ばかり弥幸のことを好きで好きで必死になっているだけで、弥幸は約束だから仕方なく盃を交わしてくれたと思っていたのだ。

「そうだったか？」

弥幸はいつも修羅のことを可愛いと口に出して誉めてやっていただけに、どうして修羅がそんなことを気にするのかわからないというように首を傾げた。

「そうだよ！　てか、いつからだよ!?」

修羅を不安にさせていた自覚がまるきりない弥幸に修羅は憤慨して問いただす。

「ハッキリとは思い出せないな」

「思い出せって！」

弥幸は平然と答えるが、過去に一度弥幸に振られている修羅としては、弥幸の気持ちがいつどうして変化したのか知りたくてたまらない。

「うーん、家庭教師をはじめた頃から可愛いとは思ってたけど、高校受験のあと告白されたときにはまだ子供っぽすぎて恋愛対象にならなかったし…」

ヤクザの大親分が愛人に産ませた修羅は、その生い立ちとは掛け離れた可愛いルックスをしていたが、あくまで愛玩動物的な可愛らしさというか、そもそもノンケの弥幸には自分を慕ってくれる可愛い教え子に過ぎなかった。

そんな修羅が自分に振られたせいで不良化して、ヤクザ街道をまっしぐらに進むことになるとは思ってもみなかった。

「そのあとグレた修羅が池袋で幅を利かせるようになって、大勢の子分たちに威張り散らしてるクセに、俺の前でだけは可愛くなっちゃうギャップに萌えたっていうか、泣かせてやりたいと思ったのが愛の芽生えだったのかも…」

池袋を牛耳るギャングたちのトップに立ちながらも、自分に好かれたい一心で受験勉強に励む修羅が健気で可愛くて、弥幸は会社の設立とゲームの制作で忙しい合間を縫ってまで、家庭教師を続けてやる気になれたのだ。

はじめは修羅をヤル気にさせるための餌に過ぎなかった、大学に合格したら交際してもいいという条件も、修羅の頑張りを見ていたら反故《ほご》にすることはできない、したくないと思う気持ちが恋愛感情に育っていったのだと思う。

「じゃあ俺がプロポーズする前から？」

弥幸の見解に修羅は驚いたように目を見開いて尋ねる。

「あぁ、いくらなんでも愛がないのにプロポーズを受けるハズないだろ」

自分の一生を左右する問題なだけに、弥幸は軽い気持ちでプロポーズに応えたつもりはない。

「ていうか、俺のほうから修羅に交際ＯＫの返事をするつもりで指輪を買っていったんだしな」

もし弥幸にその気がなかったら、指輪なんて意味深なプレゼントを卒業祝いに贈るはずもなかった。

「けど弥幸、的場組の跡目とダンナを両立するのは難しいとか言って、俺のプロポーズ断ろうとしたじゃんっ」

なおも修羅は納得がいかないとばかりに疑問を口にする。

「そりゃ、ただの交際なら普通にデートしたりってトコからはじめて、いずれサディスティックな嗜好を打ち明ければいいけど、修羅が俺の性癖を受け入れられるかわからないのに、プロポーズを受けるワケにはいかないと思ったんだ」

弥幸なりに精一杯の誠意を持って答えただけで、そもそも交際をすっ飛ばしてプロポーズしてきた修羅のほうに問題があったのだ。

「なんだよ、それぇ…」

両想いだと知らずに弥幸を振り向かせようと必死になっていた修羅は、拍子抜けしたようにつぶやいた。

「ところで修羅、今日は俺のことをご主人様って呼ぶ約束を忘れてないか？」

修羅の疑問が解決したところで、首を傾げた弥幸はご主人様に絶対服従を誓わせたことを持ち出す。

「あっ！」

そんな約束など忘れきっていた修羅はギクッとなった。

「言いつけを守れなかった悪い子にはお仕置きが必要だよな」

弥幸はニヤリと笑って主従関係を振りかざした。

「ココで…？」

まさか組事務所で調教される羽目になると思っていなかった修羅は、縋るような瞳を弥幸に向ける。

的場組の跡目にして鎌倉組の組長という肩書きと、ヨメに調教されるドMなダンナという二面性を持つ修羅にとって、組事務所はマゾヒストな自分から一番遠い位置にある空間だった。

「まずは裸になって三つ指ついて、『ご調教のほどよろしくお願いします、ご主人様』と挨拶してもらおうか」

「そんなんっ…」

いつも子分たちに威張り散らしている場所で、裸になって奴隷扱いされるなんて耐え難い屈辱だ。

「できるよな」

拒絶反応を示す修羅に弥幸は有無を言わせぬ口調で促す。

「やってやるよっ！」

ここで抵抗したらドMが廃《すた》ると思った修羅は、鼻息荒く宣言すると身につけている衣服を脱ぎだした。

同じ命令されて服を脱ぐという行為でも、松浦組の前では気後れすることも性的に興奮することもなかったのに、弥幸の視線に晒されているだけで修羅は身体が熱くなってしまう。

「ご、ご調教のほど…よろしくお願いします、ご主人様…」

素っ裸になった修羅は冷たい床に膝をつくと、武士のように親指と薬指と小指を三角になる形について挨拶をする。同じ三つ指でも親指と人差し指と中指をついた、貞淑《ていしゅく》で女性的なお辞儀《じぎ》とは少々異なっているのが修羅なりのプライドだった。

「この首輪をつけてる間は、絶対服従を誓えるな？」

弥幸は持参した鞄の中から首輪を取り出して修羅に嵌めてやる。

誕生日に修羅からもらった上質な革製の首輪と手足枷とアイマスクは、いつでもどこでも修羅を調教できるように常に持ち歩いていた。

「…誓います」

リードのついた首輪を嵌められると人間の尊厳を奪われる気がして、それだけで呼吸が荒くなってきた修羅はなんとか返事をする。

「それじゃあ、この椅子に座って」

満足そうに頷いた弥幸は、いつも修羅が使用している本革張りの高級プレジデントチェアを指して促す。

修羅はぎこちなく立ち上がるとハイバックの背もたれに身体を預けるように腰掛けた。

素肌が柔らかい革に触れる感覚が修羅に非日常を強く意識させる。

「足も座面に乗せて、M字に開くんだ」

「こぉ？」

弥幸の指示どおり、修羅は座面の一番手前左右に踵を乗せて股間を晒した。

「下にいる子分たちも、まさか修羅がパイパンにされてノーパンで組事務所に来て、素っ裸で組長の椅子に座ってるなんて思いもしないだろうな」

従順な修羅に弥幸はクスッと笑って羞恥心を煽ってやった。

無毛の股間にニョキッと生えたペニスはすでに天を向いて立ち上がっている。

「言…うなぁっ！」

もしこんな姿を子分に見られたら修羅の組長としての威厳は地に落ちるだろう。

「しかも言葉責めだけで完勃ちになって、先端から透明な蜜をダラダラ溢れさせてるなんて…」

「やぁ…」

恥ずかしい身体の変化を指摘された修羅はイヤイヤするみたいに首を振った。

「その上、自分がプレゼントした枷で身動きできないように拘束されちゃうんだぜ」

さらに弥幸は手足を拘束するための枷を二組用意して修羅に微笑みかけた。

「なっ!?　ヤメッ！」

子分たちがいつ入ってくるかわからない状況で、手足を拘束されることに抵抗のある修羅はギョッとなる。

「反省してるなら抵抗するなよ」

弥幸は威圧的に命じると、頑丈な牛革のベルトを修羅の右足首に巻きつけて、鎖をアームレストの下に通してからもう一方のベルトを右手首に巻きつけた。

もう一組の枷も同様に左足首と左手首を拘束すれば、修羅は椅子の上で脚を大きく左右に開いた状態で身動きできなくなる。

「う…あぁ…」

自分の意思で脚を閉じることも、椅子から下りることもできなくなった修羅は、あまりの心許なさと背徳感に背筋がゾクゾクしてしまう。

「次はアイマスクだ」

これ見よがしにアイマスクを手にした弥幸は、修羅の目を覆って頭の後ろでベルトを締めた。

「ダッ！　外せ！　外せよぉっ！」

視界を奪われたことで不安感が一気に増した修羅は闇雲に頭を振って叫ぶ。

「なにも見えなくなって怖いのか？」

「チガッ…」

揶揄《やゆ》するような弥幸の声がすぐ近くで聞こえて、他に頼りになるものがない修羅は必死で首を振って訴えた。

「こんなんっ、もし誰かに見られたら…」

修羅だって弥幸の自宅マンションや、修羅が経営するＳＭホテルで拘束や目隠しをされるぶんには、安心して弥幸に身を委ねることができるけど、いかんせんシャレにならない状況に頭がクラクラする。

「ＳＭホテルの凝った部屋でするプレイは楽しいし安全だけど、いつも生活してる場所で調教されるほうがスリルあるだろう？」

むしろソレが狙いの弥幸は修羅の耳元で楽しそうに囁く。

「悪趣味なんだよ！」

その囁き声にさえ背筋がゾクッとなった修羅は真っ赤になって文句を言った。

修羅の抗議を無視した弥幸は、スーツのポケットからウズラの卵より少し大きいピンク色のローターを取り出すと、赤く染まった修羅の耳朶に近づけてスイッチを入れる。

「ひぁっ…」

耳のすぐ側でモーターの振動音が響いて修羅は上擦ったような声をあげた。

「コレ、なんだと思う？」

ローターが触れてもいないのに、くすぐったそうに身を竦めている修羅に弥幸はイタズラっぽく問いかける。

「ロ、ローター…？」

最もシンプルでベーシックな大人のオモチャは、普通のラブホテルでも売られているくらいポピュラーで、修羅も何度となく使われた経験があった。

「正解」

弥幸は正解したご褒美とばかりにローターで修羅の耳の裏をくすぐってやる。

「ヤッ…くすぐってーじゃんかぁ…っ！」

敏感な部分を激しく振動するプラスチックの球で撫でられて、背筋がゾクゾクした修羅は腰を捩って身悶えた。

「舐めて」

弥幸はローターを修羅の唇に当てて促す。

「んぅっ…」

言われるがまま舌を出した修羅は唸りをあげるローターをチロチロと舐める。

「もっと唾液を絡ませるんだ」

「ハッ…ふぅん…」

弥幸の指示に手足も動かず目も見えない修羅は、舌でローターをたぐり寄せると口内に含んで唾液まみれにした。

「よし」

コクンと頷いた弥幸はコードを引いて修羅の口からローターを取り出すと、おもむろにペニスの先端に宛がった。

「うぁんッ！」

いきなり強い刺激を与えられて修羅はビクンッと背を仰け反らせる。

「それヤァッ…あんっ！」

さらにローターで先端の窪みをグリグリされると、爪先まで痺れるような快感に襲われてしまう。

視界が奪われているせいで神経が鋭敏になっているのか、ローターがペニスを這い回る感覚に全身の鳥肌が立った。

「気持ちいいか？」

弥幸は先端から溢れ出す粘着質な体液を、ローターで塗り広げながら問いかける。

「ヤメッ！　弥幸ぃ！」

「ご主人様だ」

感じまくりながらも口先だけで拒絶する修羅に名前を呼び捨てにされた弥幸は、制裁を与えるように左手で修羅の乳首をキュウッと抓《つね》り上げた。

「いぎゃあああっ！」

小さな突起が潰れるほど容赦なく捩られて修羅は大声で悲鳴をあげる。

「ひっ…はぁあ…ッ」

まだジンジンと痛む乳首を優しく癒すように舐められて、蕩けんばかりの快感に修羅は甘い吐息を漏らす。

「修羅は痛くされるほうが好きなんだよな」

被虐嗜好の強さを指摘した弥幸はピンと尖った修羅の乳首を爪で引っ掻いた。

「ンッ…なことないっ！」

修羅は咄嗟に否定しつつも鋭い痛みに下半身までキュンッと痺れさせる。

「でも全然萎えてないぞ」

痛みに萎えるどころか、ますますギンギンに猛って先走りを溢れさせる修羅の分身に、弥幸はからかうように言いながらローターを押しつけた。

「うぁンッ！　ソコはぁッ！」

裏筋に沿ってローターを動かしながら乳首をチロチロ舐められると、快感が何倍にも膨らんで絶頂感が込み上げてくる。

「やっ…イキそ…ッ！」

睾丸から熱いマグマが迫り上がってくる感覚に修羅は胸を喘がせて訴えた。

「まだイクなよ」

「無理ぃッ！」

オアズケを言い渡しながらも容赦なくローターを当て続ける弥幸に、とても我慢できそうにない修羅はブンブンと首を振った。

手足を椅子に拘束されて身動きできない修羅は、腰をガクガク痙攣させつつ必死で射精感を堪えることしかできない。

「ご主人様大好きって言ったら、イカセてやるよ」

なんとか言いつけを守ろうとする修羅に弥幸はクスッと笑って条件を出した。

「うぇっ!?」

いつもと少々趣向が違う台詞を提示されて修羅は戸惑ってしまう。

弥幸をご主人様呼ばわりするのには抵抗があるけど、弥幸のことが大好きなんて修羅の本音だし、イヤラシイ台詞を無理矢理言わされるのとはワケが違った。

「言えないなら根元を縛って射精できないようにするだけだ」

逆に恥ずかしくてモジモジしている修羅に弥幸は厳しい声で告げる。

「ちょっ、待っ！　言う！　言うからっ！」

射精を強制的に阻止される苦痛だけは味わいたくない修羅は慌てて申し出た。

「ご…主人様…、大好きっ！」

修羅は胸を高鳴らせながら愛の言葉を口にする。

弥幸の反応がスゴク気になるけど、アイマスクのせいで顔が見えないのがもどかしい。

「もっと」

「あぅっ！　ご主人様大好きぃッ！」

一度だけでは満足できないのか、ローターでカリをくすぐって促す弥幸に修羅は精一杯心を込めて叫んだ。

「イクまで何度でも叫べよ」

命令で言わされているとは思えないほど修羅の感情が伝わってきて、胸が熱くなった弥幸はなおも同じ台詞を繰り返すように指示を出す。

「ひっ…好きっ！　大好きご主人さっ…まぁぁっ！」

修羅の想いに応えるように、弥幸は右手でローターを亀頭に当てたまま、左手で血管を浮き上がらせている竿を扱いてやった。

好きという言葉を口にするたびに、魔法にかかったみたいに幸せな気持ちが膨らんで、修羅は絶頂に向かって一気に登り詰めていく。

「イクッ！　好きッ！　ご主人様ぁっ！　だっい好きぃーッ！」

修羅は何度も弥幸への愛を叫びながら白濁した液体を勢いよく噴きあげる。

「俺も、可愛い修羅が大好きだ」

射精を終えて荒い呼吸を整えている修羅に、弥幸はウットリと囁いて唇を寄せた。

「んっ…ふぁ…」

唇に触れる柔らかい感触が弥幸の唇だと気づいた修羅は、下唇をはむはむと優しく摘むように揉まれて甘ったるい吐息を漏らす。

「俺…ご主人様の顔も大好きだから、見えないのヤダ…」

弥幸の唇がスッと離れて、胸が切なくなるほど寂しくなってしまった修羅は正直な気持ちを打ち明ける。

「あっ…」

「どうした？」

すると突然小さく驚いた声をあげる弥幸に修羅は首を傾げた。

「まだ泣かせてないのに勃ってる」

弥幸は自分でも信じられないというようにつぶやく。

「えっ？」

サディストの弥幸が泣き顔にしか興奮しないことは、修羅も身をもって知っているだけに、俄《にわか》には信じ難かった。

「修羅が可愛いこと言うから、胸が高鳴って…」

大好きというフレーズに乗って、修羅の純粋で強い想いが弥幸の心と身体を熱くして、スーツのズボンがテントを張るほど膨らんでしまったのだ。

「マジで!? 弥幸の勃起超見たいっ！」

嬉しいことを言う弥幸に、どうしてもこの目で確かめたくなった修羅は興奮してせがむ。

「ほら」

弥幸は修羅の目を覆っているアイマスクを外してやると、ズボンの前をはだけて下着の中から猛ったイツモツを取り出した。

「うわぁ…」

一気に視界が明るくなったせいで眩しそうに目を細めながらも、天を仰いで屹立《きつりつ》する弥幸の分身を瞳に映した修羅は感嘆の声をあげる。

「コレってサディストが治ったってこと?」

「いや、甘い感情にも反応するようになっただけで、本質的な性癖は変わらないだろう」

まるで嗜虐嗜好を病気みたいに言う修羅に弥幸は苦笑いで見解を述べた。

要するに弥幸の性癖を凌駕《りょうが》するほどの魅力が修羅にはあるということなのだ。

「なんだ…」

弥幸からサドッ気がなくなってしまったら、それはそれで調教済みの身体を持て余してしまいそうな修羅は思わず胸を撫で下ろす。

「ホッとしたか?」

安堵の表情を浮かべる修羅に弥幸は意地悪く笑って突っ込んでやる。

「チゲッ」

図星を指された修羅はカァッと赤くなった。

「でも愛おしいと想う気持ちで欲情するのは生まれてはじめてだ」

可愛いからこそ泣かせたくなるという、歪んだ愛情表現でしか欲情できなかった弥幸にとって、ただただ修羅のことが愛おしくて胸も身体も熱くなる感覚は、くすぐったいような甘ったるいような悪くない気分に思えた。

「弥幸ぃ…」

自分が弥幸のはじめての男になったのが嬉しくて、修羅はその欲望を受け止めたくなってしまう。

「弥幸のソレ、挿れたい…」

修羅は少し恥ずかしそうに自分から挿入をねだった。

「ん？」

「大好きなご主人様のぶっといイチモツを、俺の中にぶちこんでくださいっ！」

サディストの弥幸にも興奮してもらえるように、修羅はこれまでの調教で躾けられたオネダリの言葉を口にする。

「修羅…」

自ら恥ずかしい台詞を口にする修羅に弥幸の欲望がますます膨らんでいく。

「早く欲しいよぉ」

手足を拘束されたまま自分では動くこともできない修羅はもどかしげに瞳を潤ませた。

「修羅って俺と話すときは甘ったれた口調になるよな」

鼻にかかったような声で挿入をねだる修羅は、とても大勢の子分を従えるヤクザの組長とは思えない。

「えっ？」

弥幸の指摘に思わず我に返った修羅は目をパチクリさせる。

「無自覚なのか？」

「だって、別にキャラ作ってるワケじゃねーし…」

自覚させられると恥ずかしくてたまらなくて、修羅は拗ねたように唇を尖らせて言い訳をした。

「そういうギャップも可愛いよ」

自分にしか見せない修羅の一面に、男心をくすぐられた弥幸はチュッと音を立ててキスをしてやった。

「んっ」

可愛いなんて修羅にとっては誉め言葉じゃないのに、弥幸に言われると胸が甘く高鳴って嬉しくなってしまうのが不思議だ。

「拘束は解いてやるから、自分で挿入できるか？」

弥幸は修羅の手足を拘束している枷のベルトを外してやりながら問いかける。

「やってみる」

ようやく手足が自由になった修羅は、ヨロヨロと椅子から下りて頷いた。

できれば自分が弥幸に突っ込みたいという願望が強いせいか、修羅のほうから積極的に弥幸のペニスを後孔に銜え込んだことはまだない。

「コッチ来な」

修羅が挿入しやすいように、四人掛けの広いソファに移動した弥幸は仰向けに寝転んでチョイチョイと手招きする。

「えっと…」

躊躇いがちに弥幸の腰に跨った修羅は、尻の割れ目に弥幸の分身を押し当てて狙いを定めた。

「ゆっくりでいいからな」

緊張した面持ちの修羅に弥幸は優しく声をかけてやった。

「うん…」

修羅はコクンと頷くと、右手で弥幸のペニスを固定して体重をかけていく。

「くぅっ…ンッ」

窄まった後孔を弥幸の大きな塊が強引にこじ開ける圧迫感と痛みに、修羅は眉間に皺を寄せて酔いしれる。入口が引き攣れる痛みも強烈な異物感も、弥幸を体内に受け入れている証だと思うと痺れるような快感に変わった。

「はぁ…」

なんとか一番太いカリの部分を飲み込んだ修羅はホッと一息ついた。

「いくらなんでも、ゆっくりすぎるだろ」

中途半端に銜え込んだまま休憩する修羅に、焦れた弥幸は上半身を起こすと両手で修羅の腰をガシッと掴んだ。

「ふぇ？　うぁあぁーッ！」

そのまま有無を言わさず腰を落とされて、最奥まで一気に貫かれた修羅は悲鳴をあげて仰け反ってしまう。

「ほら、すんなり挿った」

根元まで挿入を果たした弥幸はイタズラっぽく笑って言った。

無体な仕打ちに戦慄いた内壁がうねるようにペニスに吸いついてきて、弥幸は腰が蕩けるほどの快感で満たされる。

「ヒデーよぉ…」

泣きベソをかきながらも修羅の分身はヒクヒクと嬉しそうに揺れていた。

「乱暴に挿入されるの好きだろ？」

「好きじゃないっ」

結合部分を指でツゥッとなぞりつつ問いかけてくる弥幸に、背筋をゾクゾクさせながらも修羅は膨れっ面で言い返す。

「ウソツキにはお仕置きだ」

弥幸は修羅の背後に回した手を振り上げると尻をパチンッと打ち据えてやった。

「ひぎっ！　イッ…たぁっ！」

弥幸を銜え込んだまま尻を何度も叩かれて、腰を跳ね上げた修羅は無意識に後孔を窄めて快感を貪る。

「ケツひっぱたかれてキュウキュウ締めつけるなんて、悪い子だ」

ワザと叱るみたいな口調で修羅を咎めた弥幸は、パンッパンッと小気味よく音が鳴るほどに平手を打ちつけて、修羅の最奥を抉るように腰を大きく律動させた。

「ふぇっンッ！　ゴメッ…なさいっ！」

被虐心を煽られた修羅は子供っぽい口調で謝りながら弥幸の首にしがみつく。

「ゴメンナサイじゃなくて、大好きって言えよ」

お仕置きされて悦んでいる修羅に、弥幸はもっと相応しい言葉を要求する。

「やぁッ…好…きぃッ！　ダイスキッ！」

弥幸の分身が中を掻き回すたびに痛いのと気持ちいいのがミックスして、先走りの液体をダラダラ溢れさせるほど感じている修羅は喘ぐように叫んだ。

「痛いの好き？」

「あうっ！　大好きぃッ！」

意地悪な弥幸の問いに、意地もプライドも捨て去った修羅は涙目でコクコクと頷いた。

「もっとお仕置きしてほしい？」

さらに弥幸は手首のスナップを利かせて修羅の尻を叩きながら尋ねる。

「オ…シオキッ！　しでぐださ…いぁあーッ！」

ジンジンと熱を持つ尻を乱暴に犯される快感に、修羅は大粒の涙をボロボロと溢れさせながら懇願した。

「そんな大声出して、下にいる子分が心配して駆けつけてきたらどうなる？」

恥も外聞もなく叫んだ修羅に弥幸は甘い声で脅しをかける。

「ひっあぁ…ンッ…」

絶対に子分には見られたくない姿を見られてしまう場面を想像しただけで、全身がゾクゾク震えるほど興奮した修羅は頭が真っ白になってしまう。

「ドMな組長でゴメンナサイは？」

弥幸は修羅の赤くなった尻を鷲掴みにして腰を突き上げながら促す。

「あっ…ド…エムなぁッ、組ちょおでぇ…ゴメ…ナサイッ！」

最奥の感じるポイントをガンガン突かれると、痺れるような快感が背筋を伝って脳天まで突き抜けて、修羅は舌っ足らずな口調で必死に弥幸の台詞を復唱した。

「修羅は悪い子です」

「しゅっらはぁッ！　悪い…子っれすぅッ！」

被虐的な快感にエグエグとしゃくり上げた修羅は、ペニスが限界まで張りつめて脳みそが沸騰してしまいそうになる。

弥幸に心も身体も支配されたみたいに幸せで、涙が出るほど気持ちよかった。

「あーッ！　やぁーっ！」

理性の箍《たが》が外れてしまった修羅は激しい突き上げにパサパサと頭を振って身悶えた。

「もっ…俺、イクッ！」

ドロドロに熱いマグマのような絶頂感が込みあげてきて、修羅は切羽詰まった声で限界を訴えると弥幸の背中に手を回す。

「イキたいときはなんて言うんだ？」

腰をガクガク痙攣させてしがみついてくる修羅に、弥幸は射精の許可を与えるためのキーワードを促した。

「スキッ！　ご…主人様ぁッ！　ひっ大好きぃッ！」

弥幸にスリスリと頬擦りをして甘えた修羅はありったけの想いを口にする。

「俺も、大好きだぞっ」

弥幸は修羅の尻を掴んで前後にガクガクと揺さぶりながら、ラストスパートをかけるように修羅の最奥を突きまくった。

「やぁ…ダメッ！　スキッ！」

稲妻のような快感が全身にスパークして、一際高い絶頂感が修羅の睾丸から押し寄せてきた。

「うあぁあ――――ッ！」

抗いようのない絶頂の波に飲み込まれた修羅は、大きく背を仰け反らせて快感の証をぶちまける。

「クッ…」

修羅が射精した瞬間、痙攣する内壁全体でペニスを絞り上げるように吸いつかれて、弥幸はたまらず修羅の中に熱い飛沫を注ぎ込んでしまう。

「はぁあ…」

放出を終えた修羅は精も根も尽き果てて弥幸にもたれ掛かった。

「修羅…」

弥幸は修羅の中から萎えた自身を引き抜くと、荒い呼吸を整えている修羅の唇を塞いで深く舌を絡めていく。

「んぅっ…」

貪るような口づけに呼吸さえも奪われそうになった修羅は、喘ぐように胸を上下させながらも夢中で舌を絡め返した。

「ふっ…はぁ…」

互いの唾液が混じり合う濃厚なキスに修羅は胸をキュンキュンと高鳴らせる。

「弥幸ぃ…大好き…」

唇を離した修羅は至近距離で弥幸の瞳を見つめて囁く。

「愛してるよ、修羅」

弥幸も応えるように修羅への気持ちを口にした。

「俺も愛してるッ」

なんとなく大好きより愛してるのほうが気持ちが大きい気がして、負けじと修羅も鼻息荒く宣言する。

「本当に俺のことを愛しているのなら、俺を遺《のこ》して先に死んだりしないと約束してくれ」

すると弥幸は真剣な表情で修羅に誓いを立てさせようとした。

「えっ？」

唐突な話の展開に修羅はキョトンとなってしまう。

「この指輪に誓えるな？」

弥幸は修羅の左手を掴むと、互いの薬指に嵌めている指輪を重ねて促す。

「いや、でも…」

極道の世界に生きて、的場組の跡目を継ごうという修羅は、いつなんどき命を狙われるかわからない身の上だ。長生きできるかわからないし下手な約束はできなかった。

「約束できないのなら極道なんてやめてしまえ」

「ええっ？」

大真面目に極端なことを言う弥幸に修羅は唖然とする。

「修羅がヤクザ稼業から足を洗っても、俺が養ってやるから心配するな」

ニヤリと笑った弥幸は得意げに言ってのけた。

たしかに弥幸の稼ぎがあれば修羅を養っていくくらい容易《たやす》いだろうけど、ダンナがヨメに養われるというのは体裁が悪いし修羅のプライドが許さない。

「死ななきゃいいんだろっ」

要は覚悟の問題だと解釈した修羅は吹っ切れたように決意する。

「指輪にかけて誓う。俺は絶対に弥幸を遺して死んだりしないし、的場組の跡目を継いで日本一のヤクザになってみせる」

修羅は弥幸の手をギュッと握ると力強く宣言した。

ヤクザ者の修羅だけど、ヨメを悲しませたりしないのもダンナの甲斐性だと思う。

「それでこそ修羅だ」

可愛いのに強気で、自分にだけ被虐的な一面を見せる修羅が愛しくて、弥幸はますますイジメて泣かせてやりたくなるのだった。

あとがき

どぉも、こんにちは！　松岡裕太と申します！

プリズム文庫さんでは二度目ましてで、昨年発売された『極道のイロ』の番外編というか、カップリング違いのお話を書かせていただくことになりました〜。

前作は攻キャラが極道だし、王道っぽい話を書くぞーと意気込んでいたのですが、今回は逆にとってもマニアックになった気がします。

今回は受主人公のほうが極道なんですけど、サディストのヨメ（攻）に調教されちゃうお話です。なんだかＳＭテイストが強くなってしまいましたよ。

そして、前作に続いてイラストを担当してくださった宮沢ゆら先生、とっても美形なのに変態の弥幸と、生意気そうだけど可愛い修羅をありがとうございました！

担当さんもオイラがスケジュールを勘違いしてて、ヒヤヒヤさせてしまって申し訳ありませんでした！　無事に作品が世に出るのも担当さんのおかげですぅ。

最後に、この本を読んでくださった皆様にも感謝感謝でっす！

ぜひとも感想お聞かせください！　また次回作でもお会いできますように…。

松岡裕太でした。

プリズム文庫

極道のイロ
Gokudo no Iro
Illustration
宮沢ゆら
松岡裕太
Yuuta Matsuoka
天涯孤独の刃太はヤクザが大っ嫌い。両親が闇金で苦労したからだ。世の中は金だ！と思い知った刃太は、自分のルックスを活かせるホストを目指す。ところが、入店早々ナンバーワンとトラブルに。そんな野心たっぷりの刃太に、ホストクラブのオーナー・明王は、「泣かせてやりたくなる」と月百万の愛人契約を持ちかけてきて!?
高額に心が揺れるけれど、実業家の顔をした明王の正体は──…。じゃじゃ馬調教ダイアリー♡

NOW ON SALE

プリズム文庫をお買い上げいただきまして
ありがとうございました。
この本を読んでのご意見・ご感想を
お待ちしております!

【ファンレターのあて先】
〒153-0051 東京都目黒区上目黒1-18-6 NMビル
(株)オークラ出版 プリズム文庫編集部
『松岡裕太先生』『宮沢ゆら先生』係

プリズム文庫

極道のヨメ

2012年10月23日 初版発行

著 者 松岡裕太

発行人 長嶋正博
発 行 株式会社オークラ出版
〒153-0051 東京都目黒区上目黒1-18-6 NMビル
営 業 TEL:03-3792-2411 FAX:03-3793-7048
編 集 TEL:03-3793-8012 FAX:03-5722-7626
郵便振替 00170-7-581612(加入者名:オークランド)
印 刷 図書印刷株式会社

Printed in Japan ISBN978-4-7755-1927-1